AF204268

Anne-Marie Bruch

Das Ku(h)riosum

Erzählungen

© 2016 Anne-Marie Bruch

Verlag: tredition GmbH, Hamburg

ISBN
Paperback: 978-3-7345-8256-1
Hardcover: 978-3-7345-8257-8
e-Book: 978-3-7345-8258-5

Printed in Germany

DAS KU(H)RIOSUM

Es war an einem Tag im August. Draußen tobte ein Gewitter, ein Blitz jagte den anderen, und die Donnerschläge folgten mit einer Wucht, die so manchem das Fürchten lehrte. Der Sturm peitschte den Regen durch die engen Gassen der kleinen Stadt, und wer vergessen hatte, Türen und Fenster zu schließen, der hatte alle Hände voll zu tun.

Nicht so Theo Calmund. Von einer Kneipentour spätabends heimgekehrt, lag er neben dem Sofa und merkte von alledem nichts. Noch im Stehen hatte ihn der Schlaf übermannt. Hitze und Durst waren groß gewesen, die Folgen des Durstlöschens auch.

Im Dachgeschoss herrschte dicke Luft. Das Schnarchen ließ die Wände zittern. Es übertönte Blitz und Donner, erst recht das Plätschern des Wasserstrahls, der durch das offene Mansardenfenster sich seinen Weg bahnte und Kurs auf das Trödelsofa nahm.

Den jungen Mann störte es nicht. Er schlief wie ein Bär. Nichts auf der Welt hätte ihn wach rütteln können. Zwanzig Minuten vergingen, bis der nächste Donnerschlag, einer von der Sorte, der selbst Tote zum Leben erweckt, ihn auf die Beine stellte. Im Senkrechtstart fuhr er hoch, des Ernstes der Lage sich auf Anhieb bewusst. Ein Gewitter! Er hatte es ja geahnt. Schon spürte er, wie die Hände feucht wurden, der Pulsschlag heftiger. Wie gelähmt stand er da, unfähig, das Fenster zu schließen.

Er hasste Gewitter, hasste sie wie sonst nichts auf der Welt. Nie konnte man wissen, wie sie ausgingen. Gewitter waren unberechenbar, eine Laune der Natur. Schon als Kind hatte er sie gehasst, geschlottert wie Espenlaub, wenn der Himmel Feuer spuckte. Es war die Hölle. Und die Erwachsenen, die Respektspersonen? Alles Versager. Keiner, der ihm Trost und Mitgefühl spendete. Im Gegenteil! Ausgelacht hatte man ihn, einen Feigling genannt und mit dem Finger auf ihn gezeigt. Nein, Gewitter waren das allerletzte, eine Katastrophe, seitdem er denken konnte.

Fünfundzwanzig war er jetzt, und die Angst, sie war immer noch da. Jedes Mal, wenn es blitzte und donnerte, spielten seine Nerven verrückt, ließen ihn wie eine Marionette tanzen. Gestern, vorgestern, heute schon wieder. Gewitter am laufenden Band. Und der Sommer war lang, lang genug, dem Wahnsinn zu verfallen.

Theo stöhnte auf. Zum Schreien fehlte ihm die Kraft. Ein Häufchen Elend war er, ein Nervenbündel, zu nichts zu gebrauchen. Erst wenn der Sturm vorüber war, fiel alles von ihm ab. Dann war er wieder ganz der alte, groß und kräftig, zwei Zentner stark, durch nichts zu erschüttern. Wovor sollte er sich auch fürchten? Seine Fäuste waren nicht von schlechten Eltern, und wenn es sein musste, machte er davon Gebrauch. So wie neulich. Der Typ, der ihn beleidigt hatte, konnte ein Lied davon singen. Total auseinandergenommen hatte er ihn. Aber ein Gewitter? Das war nicht zu packen. Weder von hinten, noch von vorn. Obwohl ihm zum Draufhauen zumute war, gerade jetzt. Zehn vor zehn. Ein greller Blitz durchzuckte den Raum, darauf ein Wahnsinnsknall. Theo wurde kreidebleich, in den Augen ein wildes Flackern. Heiliges Kanonenrohr! Jetzt hatte er eingeschlagen, ganz in seiner Nähe. Vom Kopf bis zu den Fußspitzen hatte er ihn erfasst. Und wirklich! Der Himmel färbte sich rot, dann bläulich hell. Feuer! Feuer! Alarm! Der bleiche Mann begann zu zittern. Wie ein aufgeschreckter Bulle raste er durch den Raum, stürzte gegen die Wand, kalten Angstschweiß auf der Stirn.

Draußen blieb alles ruhig, nirgendwo ein Laut, nicht einmal Hundegebell. Vielleicht war alles nur Einbildung? Wahnwitz? Phantasie? Ein Wunder wäre es nicht. Seit Tagen hatte er kein Auge zugetan. Gewitter ohne Ende, das haute den stärksten Mann um.

Theo rieb sich den Schädel, wischte den Schweiß von der Stirn. Nur keine Panik! Irgendwann ging jedem Sturm die Puste aus. Fragte sich nur, wann. Eine Stunde, vielleicht auch zwei ... Heiliges Kanonenrohr! Bis dahin hieß es sich beschäftigen. Nur wie?

Ach ja, der Fernsehapparat! Sein Trost in allen Lebenslagen. Mitten im Raum stand er, feucht, doch sehr vertraut. Zu aufgeregt war er gewesen, das Nächstliegende zu tun. Nervös fingerte er an den Knöpfen herum, zappte durch sämtliche Kanäle. Nanu? Kein Bild? Kein Ton? Schon trommelten die Fäuste auf die Mattscheibe ein. Verdammter Kasten! Nicht mal auf die Glotze war Verlass.

Draußen folgte Blitz auf Donner. Zwei nackte Füße schlurften durch die Pfütze, eine Hand schloss mühsam das Fenster, die andere zitterte, suchte mit letzter Kraft ... Und welch Wunder! Das Bild war da, auch der Ton, doch leider, wenig fesselndes Programm. Sechs Herren, dunkler Anzug, ernste Miene, redeten und redeten, über Männer, angeblich sehr berühmt, Schumann, Beethoven, Vincent von ... egal.

Theo kippte noch einen Drink, schob den Glimmstängel zwischen die Zähne, hörte nur mehr mit einem Ohr hin, kippte einen weiteren Drink. Am Himmel war nur noch ein leichtes Grummeln, ein schwaches Leuchten ...Und plötzlich – es war zehn nach zehn – schlug bei ihm der Blitz ein. Er schlug ein wie eine Bombe, dass der junge Mann im ersten Moment fast vom Sofa plumpste. Wie elektrisiert sprang er hoch, drehte sich im Kreis und schlug sich mit der flachen Hand mehrfach gegen die kurze Stirn.

Auslöser dieser Übung waren zwei Worte gewesen. Klar und deutlich hatte er sie vernommen, so deutlich wie das Amen im Gebet. Andächtig murmelte er sie vor sich hin, immer und immer wieder. Wie Butter zergingen sie auf der Zunge. Und wenn er das erste auch nur vom Hörensagen kannte, so war das zweite ihm voll und ganz geläufig. Sein Lieblingswort war es, das ihm täglich so leicht und locker über die Lippen kam, als wäre er der Erfinder desselben gewesen. Und die Klugscheißer, die bei diesem Gewittersturm so unglaublich ruhig beieinander saßen, was hatten sie gesagt? Vom ersten zum zweiten sollte es nur ein kleiner Schritt sein? So wie von Gummersbach nach Michelfeld? Und natürlich auch umgekehrt. Denn warum sollte es von Michelfeld nach Gummersbach weiter sein? Zehn Kilometer waren es, hin und zurück.

Und so kam es, dass Theo Calmund an diesem Abend im August den kühnen Entschluss fasste, ein Genie zu werden. Denn er hatte sich bestimmt nicht verhört. Vom Genie zum Wahnsinn war es nur ein kleiner Schritt. Und umgekehrt natürlich auch. Denn warum sollte es vom Wahnsinn zum Genie ... Nein, ganz ausgeschlossen. Das wäre gegen die Regel.

Wer aber nun denkt, dass es sich ohnehin nur um einen Witz handelte, eine Schnapsidee, die dem Zustand geistiger Verwirrung entsprungen war, befindet sich in einem gewaltigen Irrtum. Denn eines muss man wissen, Theos Entschluss kam nicht aus heiterem Himmel. Der denkwürdige Abend war nur das letzte Glied einer Kette von Umständen, merkwürdigen Umständen, die den Stein ins Rollen brachten. Als ob das Schicksal seine Hand im Spiel gehabt hätte, so hatte alles angefangen ...

Letzte Woche, es war Montag, ein schwüler Tag mit Gewitterneigung, da gab es im „STADTANZEIGER" etwas Bemerkenswertes zu lesen. Ein Artikel war es, dessen Schlagzeile an einen Gruselfilm erinnerte. Groß und fettgedruckt sprang sie dem Leser ins Auge: ALTSTADT IM WÜRGEGRIFF EINES WAHNSINNIGEN.

Was damit gemeint war, füllte eine ganze Seite und sorgte unter den Bürgern tagelang für Gesprächsstoff. Denn es gab auch andere Töne zu hören. „Ein Genie mitten unter uns verwandelt die Stadt in ein Kunstwerk". So war zu lesen. „Leider hält sich das Genie bedeckt. Wann endlich wird es die Maske fallen lassen?"

Theo konnte es kaum glauben, doch kein Zweifel, es handelte sich um ihn, den man mit überschwänglichen Worten über den grünen Klee lobte. Ein Genie sollte er sein? Er hatte ja keine blasse Ahnung. Doch hier stand es schwarz auf weiß: „Wahnsinn, die Häuser mit Farbe zu besprühen! Einfach genial!" Nur einer sprach vom „schrecklichsten der Schrecken" und dem „Mensch in seinem Wahn". Ein anderer verlangte, dem Wahnsinnigen „das Handwerk zu legen". Legen? Das musste ein Druckfehler sein. Geben musste es heißen. Denn es wäre nur recht und billig, ihm etwas zu geben. So wie auch er etwas gegeben hatte. Ein Geschenk, an dem selbst die Nachwelt noch ihre Freude haben konnte.

Zugegeben – geschmeichelt hatte es ihm, wahnsinnig geschmeichelt. Und Spaß hatte er gehabt. Wahnsinnig viel Spaß. Doch einmal hörte der Spaß auf. Denn Genie nur zum Spaß? Das sollte machen, wer wollte. Und darum Schluss mit dem Versteckspiel! Ein Genie brauchte sich nicht zu verstecken. Ein Genie konnte sich sehen lassen. Höchste Zeit, an die Öffentlichkeit zu treten.

Theo hatte die Weisheit nicht mit Löffeln gefressen. Aber tief drinnen in seinem Herzen gab es etwas, das ihn liebenswert machte. Denn dieses Herz gehörte der Kunst. Kunst war sein Leben. Ein Quäntchen Farbe, ein Stückchen Papier, und er war der glücklichste Mensch. Regelrecht ausflippen konnte er, wenn er durch die Farbabteilung eines Kaufhauses bummelte. Es juckte ihn nur so in den Fingern, dass er nicht umhin konnte, das eine oder andere mitgehen zu lassen. Pinsel, Töpfe, Dosen, genug Material, um die halbe Stadt mit Farbe zu überziehen. Hinzu kamen Ideen im Überfluss. Ein paar Gläschen über den Durst getrunken, und sie nahmen Gestalt an. Ob er wollte oder nicht, er musste losziehen und seinen Phantasien freien Lauf lassen. Kahle Betonwände, brüchige Hausfassaden, verrostete Kunstwerke – ganz besonders die – zogen ihn magisch an. Spraydose in die Hand und auf den Abzug gedrückt! Ein Spritzer hier, ein Spritzer da, alles ging wie von selbst. Am liebsten hätte er auf alles losgeballert, was das Auge beleidigte. Aber nein, zu viel durfte es auch wieder nicht sein.

Wenn er dann tagsüber durch die Gassen schlenderte, ging ihm jedes Mal das Herz auf. Tolle Häuser, irre Fenster, geile Brunnen! Und erst die Straßenlaternen! Wie Marterpfähle sahen sie aus. Der reine Wahnsinn.

Theos Leidenschaft entsprang der Familientradition. Schon Vater und Großvater waren Maler gewesen. Doch der Tod des Vaters vor zehn Jahren setzte der Kontinuität ein Ende. Theo ging bei einem Schlosser in die Lehre, die Mutter mit neuem Lebensgefährten nach Amerika. Eine Weile lief es gut, dann lief nichts mehr. Schulden, abgebrochene Lehre, keine Arbeit. Theo musste sich etwas einfallen lassen, sollte ihm nicht die Decke auf den Kopf fallen. Auf der Straße herumlungern, die Hände in den Schoß legen, das war nichts für ihn. Hatte nicht jeder Mensch ein Recht auf Entfaltung seiner Persönlichkeit? Nicht mehr und nicht weniger beschloss er, zu tun.

Das Vertrauen in das Gesetz und nicht zuletzt in sich selbst war es, das ihm Mut machte. Und sein Leitspruch, mit dem er stets gut gefahren war: Wo ein Wille ist, ist auch ein Weg. Der Wille war da, der Weg nicht weit. Die Straße hinunter, um drei Ecken herum, am Rathaus vorbei, scharf nach links, dann geradeaus ...

Und so nahmen die Dinge ihren Lauf.

Wohin sie gelaufen waren, davon konnte sich jeder am Freitagmorgen sein eigenes Bild machen. Vorausgesetzt, dass ihn der Weg zum Marktplatz führte. Dort hatte sich in aller Frühe ein großer Menschenauflauf gebildet. Von allen Seiten strömten die Leute herbei, gab es doch etwas Sensationelles zu besichtigen, wie sich in Windeseile herumgesprochen hatte.

Da präsentierte sich tatsächlich der vor kurzem eingeweihte Dorfbrunnen in einem Gewand, das jeder Beschreibung spottete. Genau gesagt, war es eine überlebensgroße, abstoßend hässliche, noch dazu wasserspeiende Kuh, die auf einer Milchkanne thronte und mit ihren weit hervortretenden Augäpfeln bedrohlich in die Runde schaute. Ganz in Schwarz, als ob der Leibhaftige selbst Hand angelegt hatte, starrte das Monster den Schaulustigen ins Gesicht.

Zaghafte Beifallsrufe versuchten, sich Gehör zu verschaffen. Einige wagten es sogar, ein begeistertes „Bravo" in die Menge zu schleudern. Doch Äußerungen dieser Art wurden rasch im Keim erstickt. Die Mehrzahl der Bürger war fest entschlossen, Abscheu und Empörung dem gegenüber zum Ausdruck zu bringen, der diese schändliche Tat verübt hatte. Von Sachbeschädigung war die Rede, grobem Unfug, entarteter Kunst und vielem mehr. Wagte es einer, die Sache als dummen Bubenstreich abzutun, wurde er umgehend eines Besseren belehrt. Ein Verbrechen war es, begangen von Banausen, denen die heiligen Gesetze der Kunst fremd waren. Man diskutierte hier, diskutierte da, und je mehr man die Kuh betrachtete, desto mehr kam man zu der Ansicht, hier sei ein überragendes Kunstwerk, das Prestigeobjekt der Stadt, Opfer von Verbrechern geworden, die es schnellstens aufzuspüren galt, um sie einer gerechten, nicht zu milden Strafe, zuzuführen.

Man bemitleidete die Kuh, bewunderte alles an ihr, sah Dinge, die man noch nie gesehen hatte. Den geistreich gestalteten Kopf, den originellen Schwanz, das Rieseneuter, alles wunder-wunder-schöööön, nur leider – schwarz wie die Nacht. Kaum einer schien sich zu erinnern, dass noch vor gut sechs Wochen alles anders gewesen war. Da hatte Einigkeit geherrscht, totale Einigkeit, dass diese Kuh – obwohl von einem namhaften Künstler gestaltet – an Scheußlichkeit nicht zu überbieten war. Die Herren Stadtväter hatten sie hingestellt, den Bürgern gegen deren Willen aufgezwungen, und nun war sie da, jeden Tag, wollte keinen Fingerbreit weichen. Ein Stein des Anstoßes, der für hitzige Debatten sorgte.

Man beschloss, die Kuh zu hassen, machte einen Bogen um sie, strafte sie mit Verachtung. Ließ der Kontakt sich nicht vermeiden, zeigte man ihr die Zunge oder den langgestreckten Finger. Man wollte sie nicht, und doch war sie da, die ungeliebte Kuh, das Wahrzeichen der Stadt, die Personifizierung der menschlichen Dummheit. Oder – wie ein pfiffiger Kopf es schon bald auf den Punkt brachte – das Ku(h)riosum. Es war in aller Munde, man lachte und spottete darüber, komponierte dem Vieh sogar noch eine Melodie.

Und nun? Vorbei und vergessen. Wo blieben die Stimmen, die lautstark verlangten, der Kuh müsse der Garaus gemacht werden? Wo waren die Leute, die mit faulen Eiern und Tomaten der Kuh heimlich den Hof machten? Waren sie denn nicht froh und dankbar darüber, dass einer der ihren – wer auch immer – den Mut gefunden hatte, diesen Gipfel der Geschmacklosigkeit nach allen Regeln der Kunst „anzuschwärzen"?

Allem Anschein nach war es nicht so. Mitleid und Erbarmen mit der ach so geschändeten Kuh waren stärker als alle guten Vorsätze. Aber so waren die Menschen. Heute so – morgen so. Vor allem feige. Keiner, der es wagte, Farbe zu bekennen.

Wie ein begossener Pudel stand Theo in der Menge und verstand die Welt nicht mehr. Im Geiste hatte er sich schon als Held gesehen, von allen geliebt, von allen verehrt, weil er ein beispielloses Werk vollbracht hatte, für das er nicht nur Lob und schöne Worte einzustreichen gedachte.

Die Leute hatten ja keine Ahnung, wie er geschuftet hatte. Gestern Abend, kurz nach Mitternacht. Die Kuh mit den goldenen Hörnern grinste ihm frech ins Gesicht, und der kugelrunde Mond strahlte wie ein Scheinwerfer auf das doofe Euter. Da hatte es ihn gepackt, mit allen Fasern seines Herzens. Es brauchte wirklich nicht viel Phantasie, um im Handumdrehen das einzig Wahre und Richtige zu tun.

Zwei volle Stunden hatte er sich geplagt, vier dicke Pinsel verbraucht. Der Marktplatz wie ausgestorben, keine Menschenseele weit und breit. Und das Mondgesicht hatte ihm geleuchtet, dass es eine Wonne war. Als um halb drei der letzte Pinselstrich getan war, hatte sich die Erde weitergedreht. Und die Kuh? Vom Dunkel der Nacht verschluckt. Ein Rest Farbe war sogar noch übrig geblieben. Den hatte er, ohne groß zu überlegen, als Sahnetüpfelchen in das Wasser gekippt.

Richtig war es gewesen. Und längst fällig. Keine Sekunde hatte er die Tat bereut. Und wenn er so darüber nachdachte – er würde es sofort wieder tun. Schließlich gehörte er nicht zu den Menschen, die ihr Fähnchen nach dem Wind hingen und ihre Meinung nach Lust und Laune änderten. Und wer es bis jetzt noch nicht wusste, der würde es schon noch erfahren. Er war ein Genie! Nur leider – ein verkanntes.

IM NICHTREDNER-ABTEIL

Freitagnachmittag, Hauptbahnhof München. Auf den Bahnsteigen wimmelte es von Menschen. Ein- und ausfahrende Züge, Lautsprecherdurchsagen am laufenden Band, Abschiedsszenen, Wiedersehensfreude. Es war ein Kommen und Gehen, Hektik und Nervosität, wohin man sah.

Auf Gleis 12 stand der „Bayernkurier", planmäßige Abfahrt 8.55 Uhr. Die Türen waren geschlossen, der Zug rührte sich nicht vom Fleck. 9.08 Uhr! Langsam wurden die Reisenden ungeduldig. 9.11 Uhr! Endlich! Der Intercity setzte sich in Bewegung. Von München nach Stuttgart. Zweieinhalb Stunden Fahrzeit. Ohne Verspätung.

Im Großraumwagen herrschte dicke Luft. Kaum ein Platz, der nicht besetzt war. Geschäftsleute, Familien mit Kindern, Alleinreisende mit und ohne Hund, ein bunt gewürfeltes Publikum, vom Schicksal an diesem Freitagnachmittag zusammengeführt. An einem Vierertisch hatte ein Ehepaar Platz genommen. Er am Gang, Füße ausgestreckt, sie auf der gegenüberliegenden Seite des Tisches am Fenster. Die freien Plätze, zwar reserviert, doch nicht besetzt, dienten als Ablage. Einkaufstasche links, Aktenmappe rechts. Bequem wollte man es haben, alles griffbereit. Ein Mann und eine Frau, beide um die sechzig. Nur – wer war der Mann? Schwer zu sagen. Irgendwie sahen sie gleich aus. Karierte Hose, helle Jacke, beige Schuhe. Selbst die Köpfe glichen wie ein Ei dem anderen. Lange schmale Gesichter, graumeliertes gekräuseltes Haar, Geheimratsecken zunehmender Tendenz. Dazu ein Hals, auf dem ein breites Doppelkinn thronte. Sitzmenschen, bei denen sich Sport auf Mord reimte.

Eine Weile schauten beide aus dem Fenster, der Mann nach links, die Frau nach rechts. Wendete er den Blick ab, tat sie es auch. Dann guckten beide in die andere Richtung durch das gegenüberliegende Fenster. Trafen sich ihre Blicke, was häufig vorkam, strahlten sie Zufriedenheit aus. Zwei Fenster, an denen die Welt vorüberflog, sie schienen das vollkommene irdische Glück.

Vor ihnen, auf dem Tisch, lag ein Stapel Zeitschriften. Die Frau hielt dem Mann die oberste hin, der winkte ab. Er wollte nicht lesen, nur den Ausblick genießen. Alles andere würde ihn ablenken. Sie dagegen setzte die Brille auf, nahm den Stift in die Hand und fing an, Kreuzworträtsel zu lösen. Kästchen für Kästchen wurden gefüllt, mit traumwandlerischer Sicherheit, die dem Mann ein Lächeln auf die Lippen zauberte. Was war sie doch für eine gebildete Frau! Sie wusste einfach alles. Götter und Göttinnen, römischer oder griechischer Art, die schwierigsten Namen hatte sie auf Anhieb parat. Kein Wunder, seit mehr als vierzig Jahren löste sie Kreuzworträtsel. Das Wissen der gesamten Welt war in ihrem Hirn gespeichert.

Kurz nach Augsburg – im Großraumwagen war niemand zugestiegen – legte die Frau die Hefte beiseite. Sie gähnte, seufzte, schaute auf die Uhr, seufzte wieder. Auch der Mann schielte auf die Uhr. Fünf Minuten vor 10 Uhr. Er hatte es geahnt. Die Sache duldete keinen Aufschub. Beide Hände, im Schoß gefaltet, öffneten sich. Der Mann legte sie auf den Tisch, trommelte mit den Fingern unruhig hin und her. Dabei spitzte er die Lippen, als wollte er etwas sagen. Doch was war es gewesen? Er schien es vergessen zu haben.

Die Frau war ein Phänomen. Sie konnte nicht nur Kreuzworträtsel lösen. Sie konnte auch Gedanken erraten. Ein Blick auf den Mann – und sie wusste Bescheid. Das bleiche Gesicht sprach Bände. Vor allem die Augen. Stielaugen, die wie hypnotisiert auf die Tasche starrten.

Am Vierertisch wurde prompt gehandelt. Nicht lange gefragt, fragen kostete Zeit. Zehn runde Finger öffneten die

Tasche und brachten zwei Plastikdosen zum Vorschein. Eine mit blauem, eine mit grünem Deckel. Der Mann bekam blau, er hatte es nicht anders erwartet. Ein dankbarer Augenaufschlag, dann ging es zur Sache. Apfelschnitze, einer nach dem andern, wanderten in den Mund. Nicht etwa geräuschlos, der Mann kaute mit Genuss. Zehn Minuten lang in gleichmäßigem Takt. Dann kam der zweite Gang. Schinkenbrot, mit Salatblatt und Essiggurke garniert. Alles ging reibungslos vonstatten. Und ganz und gar sprachlos. Denn gesprochen wurde nichts. Ab und zu ein wenig gerülpst. Das war alles.

Der Mann war als erster fertig. Sorgfältig legte er das Papier zusammen und verstaute es in der blauen Schachtel. Es hatte als Serviette gedient und konnte nochmals verwendet werden. Die Frau drückte den Deckel darauf, räumte beide Schachteln zurück in die Tasche und zauberte etwas Neues aus ihr hervor. Eine Thermosflasche mit zwei Bechern. Kaffeeduft stieg auf, eine Packung Kekse wurde geöffnet. Müslikekse, der Gesundheit zuliebe. Der Mann verfolgte stumm sämtliche Bewegungen.   Der schnelle Wimpernschlag verriet, dass er voll und ganz bei der Sache war.

Auch nach der Kaffeepause hüllte sich das Paar weiterhin in Schweigen. Durchaus freundlich, nicht in böser Absicht. Man hatte keinen Streit. Nein, nein, man aß ja miteinander. Und das in schönster Eintracht. Worte? Die brauchte es nicht. Man verstand sich auch so. Vierzig Jahre aß man schon miteinander. Jeder Handgriff saß. Was blieb da noch zu reden?

Der dritte Gang, das Dessert, stand unmittelbar bevor, als sich die Tür des Abteils öffnete. „Fahrscheine bitte!" sagte eine Stimme, die einer jungen Zugbegleiterin in blauer Uniform gehörte. Der Mann zuckte zusammen. Die Frau hielt im Kauen inne und riss den Kopf nach hinten. Der Augenblick hätte ungünstiger nicht sein können. Die Fahrscheine sollte man suchen. Ausgerechnet jetzt, mitten im Essen. Und wo waren sie überhaupt? In der Innentasche des Anoraks? In der Aktenmappe? Verflixt! Fehlanzeige. In der Picknicktasche? Auch nicht. Vielleicht waren sie herausgefallen und lagen unter dem Tisch? Das Kuvert war groß, die Fahrscheine auch. Aber zu dumm. Sie waren nicht da.

„Na, wo sind sie denn?" fragte die Zugbegleiterin und hämmerte in gleichmäßigem Staccato auf den Vierertisch ein. „Sie werden sie doch nicht verschluckt haben?"

„I-wo", sagte der Mann, und sein Gesicht lief rot an, nicht nur vom Bücken. Nervös fingerte er in der Innentasche seines Anoraks herum, diesmal rechts. Und tatsächlich! Seine Miene hellte sich schlagartig auf, denn er fand, was er gesucht hatte.

„Na also!" sagte die Zugbegleiterin schnippisch. „Dann wünsch' ich mal weiterhin guten Appetit."

Der Mann atmete auf, die Frau wischte sich die Schweißperlen von der Stirn. Fahrkartenkontrolle! Wie sie die hasste! Und nur, weil ihr Dagobert die Fahrkarten nie am rechten Platz hatte. Am liebsten würde sie ihm eine Standpauke halten, bevor ihr der Kragen platzte. Aber was würde es nützen? Sein Gedächtnis war wie ein Sieb. Und warum? Er machte sich nichts aus Kreuzworträtseln. Ja genau! Das war es. Die Quittung lag auf der Hand.

Noch einmal seufzte sie tief. Dann setzte sie fort, was zu Ende gebracht werden musste. Joghurtbecher landeten im Nu auf dem Tisch. Dazu zwei Plastiklöffel. Ein kurzer Schnalzer, und der Becher wanderte auf die andere Seite. Himbeerjoghurt! Im Gesicht des Mannes ging die Sonne auf. Einen Moment kräuselte er die Lippen, als wollte er sagen: „Danke, Schatz! Meine Lieblingssorte! Du hast wirklich an alles gedacht." Doch er sagte nichts, zwinkerte der Frau nur kurz zu. Den Deckel des Joghurts öffnete er selbst. Hätte sie es für ihn erledigt, er hätte sich entmündigt gefühlt. Auch das Löffeln besorgte er selbst. Mit einer Präzision, die kein Tröpfchen im Becher übrig ließ.

Alles lief wie am Schnürchen. Die Frau war eine Perle. Sie umsorgte ihren Mann wie eine Glucke ihr Küken. Und – sie ließ ihn schweigen. Denn nach Reden war ihm nicht zumute. Er wollte essen. Sonst nichts. Reden und essen? Das passte nicht zusammen. Schon in seiner Kindheit hatte es geheißen: Mit vollem Mund spricht man nicht. Was gesagt werden musste, hatte Zeit. Erst wurde gegessen, dann gesprochen. Immer hübsch nacheinander, niemals gleichzeitig. Nur einmal hatte er die Regel gebrochen. Damals, als er nicht versetzt worden war. Der Brocken musste aus ihm heraus, sonst wäre er daran erstickt. Aber o weh! Es war ihm schlecht bekommen.

Am Vierertisch wurde somit gegessen. Nicht gesprochen. Im Gegensatz zu den anderen Plätzen, an denen geplaudert, geschwatzt, gelacht, telefoniert und diskutiert wurde. Der Vierertisch dagegen – eine Oase der Ruhe. Und es wäre wohl auch bis zum Ende der Fahrt so geblieben, wenn nicht plötzlich etwas passiert wäre ...

Schräg gegenüber, auf der anderen Seite des Tisches, wagte es jemand, das Fenster einen Spalt breit zu öffnen. Drei Zentimeter, aber immerhin. Die Frau konnte nicht mehr so gut sehen, aber umso besser hören. Mit dem Tempo einer Viper schnellte ihr Kopf nach hinten, um den Verursacher des Geräusches auszumachen. Ein junger Mann mit Brille erwiderte den Blick mit schadenfrohem Grinsen. „Knoooblauch", sagte er in spitzem Ton. „Knoblauch stinkt wie die Pest". Und vorlaut, wie er war, fügte er hinzu: „Sind wir etwa in der Straßenbahn von Sarajewo?"

Gelächter von allen Seiten. Man klatschte sich auf die Schenkel. Das Fenster bekam noch einen Ruck. Zehn Zentimeter waren es nun. Der Frau waren es zehn Zentimeter zu viel. Ihre Miene wurde eisig. Wenn sie eines hasste, so war es Zugluft. Zugluft konnte sie nicht ausstehen. Wegen der Gelenke, der Ohren und überhaupt. Ihr Gesicht lief rot an. Sie wollte etwas sagen, die Lippen begannen zu vibrieren, der Lidschlag nahm an Schnelligkeit zu. Am liebsten wollte sie aufstehen, mit deutlichen Worten ihre Meinung kundtun.

„Was fällt ihnen ein, Sie Schnösel? Denken Sie, sie sind allein im Abteil? Machen Sie sofort das Fenster zu oder ich rufe die Schaffnerin! Verstanden?"

Aber die Sätze blieben ungesagt. Eine Weile rang die Frau nach Fassung. Dann presste sie die Lippen fest aufeinander, schluckte Silbe für Silbe mit einem Seufzer der Entrüstung hinunter, obwohl sie ihr wie Feuer auf der Zunge brannten.

Der Mann wirkte geistesabwesend. Angestrengt starrte er zum Fenster hinaus, den Kopf leicht hin und her bewegend. Gelegentlich runzelte er die Stirn, verrenkte sich mehrfach den Hals. Gab es etwas zu sehen? Leider nein. Kahle Felder, grauer Himmel, öde Gegend. Nichts, was den Ausblick lohnte.

Der Kopf der Frau nahm an Farbe zu. Der hohe Blutdruck, dagegen kam sie nicht an. Und die Zugluft machte ihr zu schaffen. Das dauergewellte, an manchen Stellen schüttere Haar stellte sich nach allen Richtungen in die Höhe und ließ sie nach wenigen Sekunden um Jahre altern.

„Guck mal, der Frau ihre Haare!" rief ein Kind und zeigte mit dem Finger auf sie. „Wie eine zerrupfte Hexe!" Und es kicherte in einem fort hinter vorgehaltener Hand, prustete immer wieder los und konnte sich nicht beruhigen.

Jetzt wurde auch der Mann aufmerksam. Zunächst unbewegt, dann zunehmend amüsiert, betrachtete er die Frau. Von Zeit zu Zeit fuhr er sich mit der Zunge über die Lippen, holte mehrfach zum Reden aus, verkniff es sich jedoch immer wieder. Sollte er die Wahrheit sagen, die reine Wahrheit, seiner vom Sturm zerzausten Heidelinde? Niemals. Lieber wollte er sich die Zunge abbeißen, als ihr zu sagen, dass sie ... Nein, er war doch ein Gentleman.

Der Frau missfiel das Grinsen des Mannes. Ihre Augen begannen zu funkeln. Warum stand er nicht auf und schloss das Fenster? Es wäre nur recht und billig. Der bärtige Typ hatte es gewagt, ihre Ehre anzutasten, sie zum Gespött der Leute zu machen. Und ihr Mann? Ihr angetrauter Dagobert? Saß da und tat nichts. Aufstehen und mit einem Ruck das Fenster schließen. Jawohl! Das wäre es, was der Mann tun müsste. Auf der Stelle. Mit einer Miene, die dem Rotzlöffel das Fürchten lehrte. Ja, das würde ihr imponieren.

Kein einziges Wort bräuchte er dazu zu sagen. Die Handlung spräche für sich. Aber der Mann tat nichts, saß teilnahmslos da und grinste, wie der Wind ihr zusehends die Weiblichkeit ruinierte. Hätte es Romeo zugelassen, dass seiner Julia ein Härchen gekrümmt wurde? Ihr der Wind in den Nacken fuhr? Sie einen steifen Hals bekam? Niemals. Alles hätte er gegeben, das Unheil von ihr abzuwenden. Aber Dagobert war kein Romeo. Ein Schlappschwanz war er, der an Schinken- und Käsebrot sich gütlich tat. Im Grunde ihres Herzens verachtete sie ihn. Immer wenn es darauf ankam, ein Held zu sein, stopfte er etwas in sich hinein. So wie neulich im Zug nach Hamburg. Der Schaffner goss ihr Kaffee über die karierte Hose. Und er? Was tat er? Löffelte brav sein Joghurt. Kein Wort des Mitgefühls. Ein verlegenes Räuspern, mehr nicht. Er löffelte sein Joghurt und löffelte und löffelte ...

Die Frau kochte innerlich vor Wut. Die Nasenflügel bebten, der Busen wippte auf und nieder. Strafen wollte sie ihren Mann. Mit Verachtung. Und kein Wort mit ihm reden. Fragen, falls er welche hatte, würde sie nicht beantworten.

Selbst, wenn er auf Knien sie darum bitten würde. Stattdessen Schweigen, eisiges Schweigen. Das würde ihn kränken. Eine Stunde lang, bis zum Ende der Fahrt. Einfach so tun, als wäre er Luft, Luft und nochmals Luft.

Tiefe Genugtuung war dem Gesicht der Frau abzulesen. Entspannt lehnte sie sich zurück und schloss die Augen. Doch die Sonne war dagegen, sie begann zu blinzeln, riss die Augen stirnrunzelnd auf und heftete sie erneut auf ihr Gegenüber. Mit den Zähnen laut vor sich hin knirschend nahm sie den Ausdruck eines Raubtieres an, das im Begriff war, sich auf die Beute zu stürzen.

Den Mann störte es nicht. Immer wieder schaute er zum Fenster hinaus, schneuzte sich, reinigte die Brillengläser und richtete den Blick auf die Aussicht des gegenüberliegenden Fensters. Dort gab es noch weniger zu sehen, sodass der Kopf ständig hin und her pendelte.

Kurz bevor der Zug in den Bahnhof Ulm einfuhr, erhob er sich. Seine Augen suchten die Zugtoilette. Vorsichtig, von Sitz zu Sitz sich tastend, bewegte er sich bis zum Ende des Ganges. Eingeschlafene, schwere Beine, es war nicht das erste Mal, dass sie ihm zu schaffen machten. Die Frau hatte ihm nicht erlaubt, sie auf den Sitz zu legen. Wegen der Leute. Und wegen der Socken. Dabei waren sie hübsch anzusehen, am Rand mit Comicfiguren verziert. Er hatte sie selbst besorgt, ein Euro neunzig die Packung.

Über der Türe leuchtete schon bald das rote Licht auf. Fünf Minuten vergingen, zehn Minuten, ohne dass sich etwas änderte. Auch als der Zug zum Stehen kam, war das Licht immer noch rot. Reisende erhoben sich von ihren Sitzen, der bärtige junge Mann packte seinen Rucksack. Allmählich wurde die Frau unruhig. Komisch, dass der Mann so lange auf der Toilette verweilte. Und plötzlich durchzuckte es sie wie der Blitz. Sie schoss in die Höhe und schritt zur Tat. Nicht ohne Mühe, das Ding klemmte und klemmte.

Verdammt nochmal! Wollte denn keiner helfen? Immer musste sie alles selbst erledigen.

Sie ächzte und stöhnte, der Mut verlieh ihr ungeahnte Kräfte. Ein lauter Fluch, ein letzter Ruck ... Das Fenster war zu. Tiefe Zufriedenheit war dem Gesicht der Frau abzulesen. Mit einem Seufzer der Erleichterung ließ sie sich in den Sitz fallen. Diesmal auf der anderen Seite des Vierertisches, neben der Aktenmappe. Jetzt wollte sie in Fahrtrichtung sitzen. Wenn es dem Mann nicht passte, sollte er es sagen. Wo er nur blieb?

Nach weiteren fünf Minuten – der Zug hatte den Bahnhof verlassen – schaltete das Licht auf Grün. Endlich! Die Türe des Abteils öffnete sich. Im Türrahmen stand der Mann, kreidebleich. Der Frau fuhr der Schreck in alle Glieder. Ein paar Zentimeter erhob sie sich, entschlossen, auf ihn zuzugehen. Doch der Mann gab ihr einen Wink, sie solle sitzenbleiben. Und auch er wollte sich setzen. Nur – wohin? Auf seinem Platz saß die Frau. Hinter seinem Rücken hatte sie die Plätze getauscht. Das war gegen die Abmachung. Vor Abfahrt des Zuges hatten sie sich geeinigt, er vorwärts, sie rückwärts, bis zum Ende der Fahrt. Das hatte sie wohl vergessen.

Mit dem rechten Zeigefinger gab er ihr einen Wink, deutete von dem neuen auf den alten Platz. Die Frau reagierte nicht. Also blieb der Mann stehen, trat unschlüssig von einem Bein auf das andere. Sollte er Streit anfangen? Ihr eine Szene machen? Nein, einmal und nie wieder! Damals, auf der Fahrt von Bremen nach Cuxhaven, da waren sie aneinandergeraten. Wegen des Knoblauchs auf dem Schinkenbrot. Er konnte ihn nicht ausstehen. Immer wurde ihm übel davon. Und darum hatte er sich wortstark dagegen gewehrt.

Nicht zum ersten Mal, aber so heftig, dass die Leute aufhorchten und ihn mit Beifall bedachten. Als Held hatte er sich gefühlt, eine Miene des Triumpfes um seine Mundwinkel spielen lassen. Doch Sieger in diesem Duell war nicht er gewesen, sondern die Frau. Gelacht hatte sie, wie verrückt gelacht, bis die Stimmung kippte und der ganze Wagen sich vor Lachen kugelte. Nein! Einmal und nie wieder! Das hatte er sich geschworen. Lieber eine Wagenladung Knoblauch als ein handfester Familienkrach.

Wie angewurzelt blieb er stehen. Hartnäckigkeit war seine Stärke. Und siehe da! Die Frau stand auf. Nicht, weil sie sich geschlagen gab, sondern weil der Mann ihr leid tat. Wie ein Kind stand er da, dem sein Spielzeug weggenommen worden war. Das ließ keine Mutter ungerührt. Sie drückte ihm eine Zeitschrift in die Hand und begann wieder, Kreuzworträtsel zu lösen. Von Zeit zu Zeit lächelte sie ihm zu, er lächelte zurück. Der Ehefrieden schien wiederhergestellt.

Und wie das so ist, wenn zwei sich vertragen ... Die Frau öffnete ihre Tasche und zauberte im Handumdrehen einen Schokoriegel hervor. Ein freundlicher Blick hinüber, ein skeptischer Blick zurück – und der Schokoriegel wanderte dorthin, wo die Frau ihn haben wollte.

Kurz vor der Ankunft in Stuttgart ging die Frau noch rasch auf die Zugtoilette. Fast hätte sie darauf vergessen. Die Fürsorge für ihren Mann ließ sie kaum an sich denken. Nach vier Minuten kam sie zurück. Nanu? Wo war der Mann? Sein Sitz war leer, die Aktenmappe weg. Ob er auf der Toilette am anderen Ende des Ganges ....? Das Licht zeigte Grün. Großer Gott! Ihr Dagobert würde doch nicht etwa ... Die Frau spähte nach allen Richtungen. Klein von Statur konnte sie nicht alles übersehen. „Dagobeeeert!" rief sie, als ginge es um ihr Leben. „Wo steckst du?"

„Hier!" kam prompt die Antwort. Und tatsächlich! Ganz vorne stand er, Aktenmappe in der linken Hand, die andere am Aussteigeknopf. Warum hatte er es nur so eilig?

Es war die Angst, die ihn dorthin getrieben hatte. Die Angst, den Zug nicht rechtzeitig verlassen zu können. Die Angst vor automatischen Türen. Zehnmal gingen sie auf, und beim elften Mal war der Wurm drin. So wie neulich, als er aus dem Sackbahnhof wieder hinausfuhr. Nach Oberaudorf, wo er gar nicht hinwollte. Seitdem war es wie eine Krankheit. Der kalte Schweiß brach ihm aus, wenn er ans Aussteigen dachte. Schon beim Einsteigen fürchtete er sich vor dem Aussteigen.

Die Frau kannte ihren Mann. Seit vierzig Jahren. Nichts konnte sie mehr erschüttern. Ein Feigling war er, aber wenigstens redete er nicht viel. Wäre er geschwätzig, es wäre kaum zu ertragen. Daher schüttelte sie nur den Kopf, seufzte leise vor sich hin, nahm den Korb und stellte sich wortlos neben ihn.

Ein Herr mit zwei schweren Koffern streifte im Vorbeigehen den Mann. „Tut mir leid", entschuldigte er sich. „Eigentlich wollte ich die Koffer aufgeben, aber man weiß nie, ob sie pünktlich ankommen."

„Genau", sagte der Mann und räusperte sich, als hätte er einen Frosch im Hals. Der Zug fuhr in den Bahnhof ein, die Türen öffneten sich. Glück gehabt! Wieder einmal.

Der Herr mit den Koffern schmunzelte. Seit zwei Stunden hatte er das Ehepaar beobachtet. Szenen einer Ehe, von München bis Stuttgart. „Jetzt hat er zum dritten Mal gesprochen", konstatierte er. „Drei Worte in zweieinhalb Stunden. Hoffentlich ist er heute Abend nicht heiser." Und dann musste er an ein Sprichwort denken, das in goldenen Lettern über dem Sofa seines Großvaters hing: REDEN IST SILBER, SCHWEIGEN IST GOLD.

DER LETZTE COUP

Alfredo, Mario, Rick und Luigi waren das, was man mit dem Ausdruck „hartgesottene Burschen" zu umschreiben pflegt. Hart wie Eisen, zäh wie Leder. Und sie hielten zusammen. Wie Pech und Schwefel.

Zehn Jahre war es her, da hatte sie das Schicksal zusammengeführt. In der „Casa Bella Vista", einem Heim für schwer erziehbare Kinder. Dieser Ort war geradezu ideal, um das Rüstzeug für das Leben in vorbildlicher Weise vermittelt zu bekommen. Schnell hatten sie gelernt, ihre Ellbogen zu gebrauchen, sich mit Händen und Füßen zu wehren, kein Blatt vor den Mund zu nehmen und – was das Wichtigste war – keine Skrupel oder gar Gewissensbisse zu haben, wenn es um die Ausführung einer Missetat ging.

Mit so viel „Know-How" waren sie wie geschaffen für einen beruflichen Werdegang, der im Gaunermilieu angesiedelt war. Das uralte Handwerk kann man - gottlob! - nicht von heute auf morgen erlernen, man muss dazu geboren sein. Alfredo, Mario, Rick und Luigi konnten sich glücklich preisen, das Talent mehr oder weniger geschenkt zu bekommen, hatten doch schon ihre Vorfahren das eine oder andere Ding gedreht.

Die Jahre des Zusammenseins brachten es mit sich, dass die Kameraden unzertrennlich wurden. Es war nur eine Frage der Zeit, bis sie den Entschluss fassten, gemeinsame Sache zu machen, getreu dem Motto: „Miteinander macht stark." Schon Marios Brüder, drei stadtbekannte Falschspieler, waren damit gut gefahren.

Aufgewachsen in den Hinterhöfen der Altstadt von Genua, einer Stadt, die sie wie ihre Westentasche kannten, lag es auf der Hand, sich diesem Viertel intensiv zu widmen, was sich auch bald in klingende Münze verwandelte.

Meist war es später Nachmittag, wenn die Bande auf der Bildfläche erschien. Schwarze Lederkluft, Schlägermütze, dazu ein schauriges Sammelsurium unübersehbarer Tätowierungen ließ so manchen Passanten die Straßenseite wechseln. Es versteht sich von selbst, dass diese Markenzeichen nicht zuletzt als Vorwand dienten, sich einer regelmäßigen Körperpflege entziehen zu können. Denn Hygiene war in diesen Kreisen schon deshalb ein Fremdwort, weil es sich dabei um eine langweilige und äußerst zeitraubende Tätigkeit handelte, die ganz und gar nichts einbrachte. Ansonsten waren die Jungs mit allen Wassern gewaschen.

Wie gesagt, die vier hatten außergewöhnliche berufliche Neigungen.

Alfredo, von Natur aus mit bemerkenswert langen Fingern ausgestattet, hatte sich seit einiger Zeit auf Taschendiebstahl spezialisiert, den er vorzugsweise in geschlossenen Räumen, z.B. Kaufhäusern, auszuüben pflegte. Auf diese Weise konnte er das Angenehme mit dem Nützlichen verbinden, hatte bei ungemütlichem Wetter ein Dach über dem Kopf, denn ein fester Wohnsitz ist bei Gaunern bekanntlich so eine Sache.

Mario war gerade dabei, das Bankräuberhandwerk zu erlernen. Im Heim war er einer der Besten im Rechnen gewesen und konnte sich viele schwierige Zahlen merken. Hinzu kamen Mut, eine gehörige Portion Draufgängertum und der Sinn für schnelles Handeln. Seit Monaten war er dabei, praktische Maßnahmen in die Tat umzusetzen, hatte sich Sehschlitze in seine Pudelmütze geschnitten und schwarze Seidenhandschuhe der edelsten Sorte „zugelegt". Darüberhinaus konnte er schon recht geschickt mit der Spielzeugpistole hantieren. Denn wie heißt der alte Gaunersatz? Willst du einen Geldschrank knacken, darfst du nicht erst lange fackeln.

Rick war noch unentschlossen. Er schwankte zwischen Autodiebstahl und Heiratsschwindel. Letzteres schien ihm nach reiflichen Überlegungen der idealere Gelderwerb zu sein, schon aus dem Grund, weil er sich ungern die Hände schmutzig machte. Überdies konnte er aus dem Stegreif die hinreißendsten Märchen erzählen, noch dazu mit einem unwiderstehlichen Augenaufschlag, dass ihm die Sympathien nur so zuflogen. Es brauchte nur etwas Übung, dann würde er den Damen die raffiniertesten Geschichten auftischen, um nicht nur in den Besitz ihres Herzens, sondern auch ihres Bankkontos zu gelangen. Rick beschloss, sich auf alle Fälle bessere Manieren zuzulegen und sich in die allgemeinen Regeln der Kavaliersschule einweihen zu lassen.

Für Luigi gab es nichts zu überlegen. Er wusste längst, was er werden wollte. Kurz nach seiner Geburt – zwanzig Jahre war es her – hatte sich sein Vater auf einen Überseedampfer verdingt und auf Nimmerwiedersehen verabschiedet. Seitdem reifte in ihm der Entschluss, Seeräuber zu werden. Luigi hatte Unmengen von Piratenromanen verschlungen, kannte jeden Film, der auf hoher See spielte, wusste auf Anhieb die Daten der berühmtesten Seeschlachten und konnte auf dem Globus alle Länder von dem sie umgebenden Meer unterscheiden. Im Rudern war er große Klasse, und das Bedienen eines Steuerrads würde er auch noch hinkriegen. Im Grunde genommen hatte er nur ein Handicap. Er war Nichtschwimmer und zeigte nicht das geringste Interesse, diesen Zustand zu ändern. Denn Wasser war – ehrlich gesagt - nicht sein Element.

Jeden Abend traf sich die Viererbande in der Spelunke „NEGRO CABALLO" zum Zwecke des Gedankenaustauschs. Alles drehte sich nur um ein Thema. Wie konnte man es schaffen, aus dem Kleinkram des Ganovenalltags herauszukommen, um endlich den großen Coup zu landen?

An einem Donnerstag fiel es ihnen plötzlich wie Schuppen von den Augen. Genau gesagt war es Rick, der nach dem siebten Bier sich gegen die kurze Stirn schlug und mit dem Geistesblitz herausplatzte: „He amigos! Wir machen unseren Job auf einem Schiff!"

„Auf einem Schiff? Cool Mann! Genial!"

„Va bene! Luxusdampfer! Okay?"

Die darauffolgenden Tage vergingen mit dem Studium von Reiseprospekten. Nach vorsichtigem Abwägen des Für und Wider stand fest, dass nur das elegante Passagierschiff „VASCO DA GAMA" für ihre Zwecke in Betracht kam. Seine Reiseroute ging in die Südsee, und da wollten alle immer schon hin. Zwar würde die Reise eine stattliche Summe von ihren Ersparnissen verschlingen, aber vielleicht war ihnen das Schicksal gewogen und sie konnten auf die ihnen vertraute Weise noch einen Zuschuss auftreiben. Im übrigen waren sie überzeugt, dass der Einsatz bereits nach kurzer Zeit sich gelohnt haben würde. wenn sie sich an Bord erst einmal „eingearbeitet" hatten.

Am ersten September 2015 stiegen in Genua vier elegant gekleidete Herren die Reling der „VASCO DA GAMA" hinauf. Jeder war darauf bedacht, einen guten Eindruck zu machen, hatte sich feine Manieren antrainiert, die Fingernägel poliert, und wenn man sich unterhielt, pflegte man einen gehobenen Sprachstil, der auf vornehme Herkunft und weltmännische Bildung hindeutete.

Bald waren erste Kontakte hergestellt. Die Herren verwickelten die Passagiere in lange und aufschlussreiche Gespräche, um Einblick in den Lebenslauf sowie die Vermögensverhältnisse der Personen zu gewinnen. Sie selbst stellten sich als Erben eines argentinischen Großgrundbesitzers vor, die ihr Leben frei von Geldsorgen als Weltenbummler gestalten konnten. Als Namen gaben sie an: José, Fernando, Salvador und Enrico Lopez. So stand es auch in den Pässen. Vier Meisterwerke von Luigi, der ein absoluter Künstler im Fälschen von Schriftstücken war.

Rick hatte seit Tagen eine millionenschwere amerikanische Witwe im Schlepptau, die er mit amüsanten Geschichten dermaßen umgarnte, dass sie nicht mehr von seiner Seite wich. Ihr hatte er auch glaubwürdig von seinem Missgeschick berichtet, das ihm auf dem Flughafen von Buenos Aires widerfahren war. Dort sei er seines gesamten Bargeldes beraubt worden, und der Nachschub aus Argentinien würde ihn bedauerlicherweise erst am Zielhafen erreichen. Die Dame, voll des Mitgefühls, ließ es sich nicht nehmen – trotz heftig gespielter Gegenwehr von Rick – dem charmanten Herrn mit einigen Dollars aus der Patsche zu helfen.

Alfredo konnte als Taschendieb ebenfalls erste Erfolge verbuchen. Die Arbeitsbedingungen an Bord waren auch ideal. Man brauchte nur zuzugreifen. Im Gegensatz zu Mario, der einfach nicht zum Zug kam. Wo war der Schiffstresor? Wo? Noch eine Woche ohne Erfolg, und er konnte den Bankräuber an den Nagel hängen.

Doch dann kam ihm der Zufall zu Hilfe. Er beobachtete, wie einer der Bediensteten einen Geigenkasten unter dem rechten Arm beförderte und hinter einer Türe im Unterdeck damit verschwand. Marios kriminalistischer Spürsinn sagte ihm, dass es sich hierbei nicht um ein musikalisches Unternehmen handelte. Er beschloss, die Person im Auge zu behalten und bezog hinter einem Pfosten Stellung.

Etwa eine Viertelstunde dauerte es, bis sich die geheimnisvolle Türe öffnete. Der Musikant trat heraus, unter dem Arm den Geigenkasten. Mario, die schwarze Pudelmütze tief im Gesicht, schwang blitzartig sein linkes Bein nach vorn, der Gegner strauchelte und segelte als Leichtgewicht auf dem frisch gebohnerten Flur mehrere Meter dahin.

Im Nu war Mario bei ihm, entfernte ihm den Silberring aus dem Ohr und verarztete ihn mit einem Heftpflaster, das er auf die wulstigen Lippen klebte. Dann zog er die Wäscheleine aus der Hosentasche und fesselte den um sich schlagenden Mann mit fachmännischem Seemannsknoten an Händen und Füßen. Schlüsselbund und Geigenkasten nahm er an sich, setzte eine Amtsmiene auf und sagte in strengem Ton: „Bordpolizei! Die Sachen sind beschlagnahmt." Gemächlichen Schritts marschierte er zu der noch offenen Türe, die viele Stufen weit nach unten führte. Zappenduster war es, aber er hatte ja die Taschenlampe.

Und dann stand er plötzlich davor. Das Objekt der Begierde, zum Greifen nahe. Marie kniete nieder und faltete die Hände zum Gebet. Der Geldschrank, er sah es mit Kennerblick, war keiner von der komplizierten Sorte. Man brauchte nur an fünf Rädern zu drehen, bis die Zahlenkombination eingestellt war. Aber Moment! War es überhaupt nötig? Die Tür stand offen, nur leicht angelehnt. Ein Blick nach hinten, es war seine Stunde. Blitzschnell riss Mario die Tür auf. Doch bereits im nächsten Moment zuckte er zusammen, wie er in seinem ganzen Leben noch nicht zusammengezuckt war. Schweißperlen traten ihm auf die Stirn, sein Puls raste. Denn, was er zu sehen bekam, war etwas so Ungeheuerliches, was auch so manch anderen gestandenen Mann umgehauen hätte.

Die nächsten Minuten hatten absolut nichts Heldenhaftes. Mario spürte den Kloß in der Kehle, wollte schreien, weglaufen, doch die Beine versagten ihm den Dienst. So sackte er – ganz gegen die Räuberstandesehre – in sich zusammen und wurde für wenige Sekunden ohnmächtig.

Was Mario in die Knie gezwungen hatte, war – man glaubt es nicht – eine Spinne. Nicht gerade eine von der gewöhnlichen Sorte. Nein, ein riesengroßes behaartes Exemplar, das man auf den ersten Blick für eine gefährliche Giftspinne von der Art der „Schwarzen Witwe" halten konnte. Dazu muss man wissen, dass Mario eine unüberwindbare, ja krankhafte Abneigung gegen Spinnen hatte. Auch beim Anblick wesentlich harmloserer Artgenossen wäre er mit Sicherheit in Panik geraten.

Nun – Mario war kein Feigling, und so raffte er sich nach den ersten Schrecksekunden wieder auf, um sich mit Entsetzen der zweiten Tatsache bewusst zu werden. Der Tresor war leer, regelrecht ausgeplündert, und je mehr er darin herumfingerte, umso leerer wurde er. Wie der Blitz schoss er nach draußen und stürmte die Treppenstufen hinauf. „Warte Bürschchen, dich krieg' ich!" Doch leider ... Wäscheleine und Heftpflaster waren alles, was von ihm übrig geblieben war.

Mario raste in die dritte Etage, um Alfredo, Rick und Luigi zusammenzutrommeln. Aufgeregt und mit stockender Stimme berichtete er von den Ereignissen an Unterdeck. Alle lauschten wie gebannt der Begegnung mit der Monsterspinne, die den Geigenkasten zur Nebensache werden ließ. Mario hatte ihn geistesabwesend in den Papierkorb gestellt, und es war nur der Aufmerksamkeit von Rick zu verdanken, dass man nach einiger Zeit zum Kern der Sache zurückfand.

Wenige Griffe genügten, um das Innenleben den neugierigen Augen zugänglich zu machen. Augen, die sich vor Entsetzen weiteten und weiteten. Dann vier schrille Aufschreie der ansonsten so tapferen Männer. In Panik stoben sie auseinander. Nur Alfredo wagte es, den Geigenkasten zu berühren und den Deckel über den Horrorinhalt zu klappen.

„S.ppp ...innen", stammelte er. „Eine Inv...vvasion."

Und plötzlich schien alles glasklar. Außer ihnen waren noch weitere Banditen an Bord. Die unerwünschte Konkurrenz arbeitete mit deutlicher Handschrift, rücksichtslos und brutal. Dagegen waren ihre Aktivitäten Kavaliersdelikte. Wortlos begab sich jeder in seine Kajüte, um Angst, Wut und Ratlosigkeit mit Hochprozentigem hinunterzuspülen.

Gegen 21 Uhr erschienen die Herren erneut auf der Bildfläche. Nach außen demonstrierten sie Haltung, verneigten sich nach allen Seiten, ließen ihre Blicke schweifen, doch der Entfesselungskünstler mit dunklem Kraushaar war nirgendwo zu sehen.

Keine zehn Minuten vergingen, da nahmen die Ereignisse im Speisesaal eine dramatische Wendung. Rick prostete gerade der Dame seines Herzens mit einem Schluck Champagner zu, als diese einen schrillen Schrei ausstieß und in der nächsten Sekunde vom Stuhl kippte.

Von einigen Tischen sprangen Leute auf, um erste Hilfe zu leisten oder auch nur ihre Neugierde zu befriedigen. Jeder konnte mit ansehen, wie eine wohl proportionierte Spinne mit stachelig behaarten Beinen im Burgunderglas der Dame hin und her zappelte. Das zweckdienliche Wesen war der betagten Lady in keineswegs scherzhafter Absicht zugedacht gewesen, hatte jedoch seine Wirkung verfehlt.

Luigi brachte den Gedanken ins Spiel, diese Todesschwadronen könnten auch auf sie angesetzt werden. So abwegig schien die Vorstellung nicht, dass sie als steinreiche Junggesellen, für die sie sich ausgegeben hatten, auf der Kandidatenliste standen. Von einer Sekunde zur nächsten wurden die Gesichter kreidebleich. Auf wackeligen Beinen verließ man den Speisesaal, um an Oberdeck frische Luft zu schnappen und eine Zigarette zu rauchen.

Während sie nervös am Glimmstängel pafften, versetzte Rick seinen Kameraden einen Stoß in die Rippen und gab mit einer Bewegung seines Kopfes zu verstehen, dass sich in unmittelbarer Nähe etwas abspielte. Ein Schatten huschte die Reling entlang. Im ersten Moment glaubten alle, ein Gespenst vor sich zu haben, das seinen Auftritt für die bevorstehende Geisterstunde probte. Nachdem diese Annahme sich mit der Gesinnung erwachsener Männer jedoch nicht vereinbaren ließ, besannen sie sich wieder auf ihr eigentliches Vorhaben, allen verdächtigen Erscheinungen nachgehen zu wollen.

Entschlossen nahmen sie die Verfolgung auf. Es gelang ihnen, der schwarzen Gestalt auf den Fersen zu bleiben und sie in der Kapitänskajüte verschwinden zu sehen. Dort hatten sich bereits mehrere Personen zu einer Versammlung eingefunden, was dem Stimmengewirr hinter der Türe zu entnehmen war.

Luigi, ein Mann mit Scharfblick, drängte sich vor das Schlüsselloch, während die anderen ihr Ohr fest gegen die Türe pressten und mucksmäuschenstill den Gesprächen lauschten.

Es dauerte keine zwei Minuten, da war es mit der Disziplin vorbei. Mario knirschte lautstark mit den Zähnen. Luigi kniete nieder, die Hände zur Faust geballt. Seine Augen wurden lang und länger. Denn – man stelle sich vor! Der von ihnen Verfolgte war kein anderer als der Kellner. Und das Kraushaargesicht daneben ... ja genau, der Kerl mit dem Geigenkasten. Der Dritte im Bunde war ganz eindeutig der Kapitän. Aber das war doch, ja, das war doch, nein, kein Zweifel ... der Fausto Moretti aus der Via del Angelo, eine alte Jugendbekanntschaft, mit der Luigi noch ein Hühnchen zu rupfen hatte. Sein Bild prangte in Genua auf allen Plakatsäulen, denn dieser in einschlägigen Kreisen bekannte Typ wurde wegen Bankraubs und Geiselnahme seit Jahren gesucht. Auf seinen Kopf waren zehntausend Euro ausgesetzt. O dieses Schlitzohr! Hatte es sich doch glatt mit blonder Lockenperücke in Richtung Südsee abgesetzt.

Luigi hatte Mühe, seine Fassung wiederzuerlangen. Und die brauchte er dingend, denn es wurde immer besser.

Nach weiteren fünf Minuten wurde ihm das große Vergnügen zuteil, mitansehen zu dürfen, wie ein zappelndes Monster in ein Sieb gekippt wurde und in einem Gefäß mit Schraubdeckelverschluss verschwand, in dem bereits Gesellschaft wartete. Das süffisante Grinsen des Kellners verriet nichts Gutes.

Danach wurde man Zeuge der wohl hitzigsten Debatte, die in den vergangenen vierzehn Tagen an Bord der „VASCO DA GAMA" stattgefunden hatte. Es ging Schlag auf Schlag. Der Kellner erhielt vom Kapitän eine saftige Ohrfeige, die er umgehend an seinen Kollegen links von ihm weiterreichte, worauf dieser dem Kapitän und offensichtlichem Anführer des Trios einige recht uncharmante Kosenamen an den Kopf schleuderte, die mit unsanften Handgreiflichkeiten beantwortet wurden.

Der weitere Verlauf des Gesprächs ließ nichts zu wünschen übrig. Die Lauscher kamen voll und ganz auf ihre Kosten. Ob sie wollten oder nicht, sie mussten zur Kenntnis nehmen, dass sie in den vergangenen zwei Wochen drei Berufsganoven auf den Leim gegangen waren, die sie in Vertretung der rechtmäßigen Besatzung in Richtung Südsee manövriert hatten. Kapitän und Mannschaft – so konnten sie vernehmen – waren in dieser Zeit im Gepäckraum verstaut worden, wo sie bis zum Ende der Reise auch verweilen sollten.

Wie angewurzelt stand man da. Nur einer wusste das Richtige zu tun. Wie der Blitz stürmte er die Treppe hinauf, um wenig später mit einem klimpernden Gegenstand zurückzukommen. Ein prüfender Blick auf das Schlüsselloch, und Mario schritt zur Tat. Sechs Fäuste schossen in die Höhe, vier Männer atmeten auf. Die Ganoven waren gefangen wie die Katze im Sack.

Unter anständigen Menschen wäre es nun eine Sache der Fairness gewesen, den eigentlichen Kapitän und seine Kollegen, die im Gepäckraum schmorten, aus ihrer misslichen Lage zu befreien. Falls sie überhaupt noch lebten. Dieses Vorhaben hätte jedoch normale menschliche Gefühlsregungen wie Mitleid oder Nächstenliebe vorausgesetzt, über die jedoch keiner der vier, auch nur ansatzweise, verfügte. Das Wohlergehen der Besatzungsmitglieder ließ sie – ehrlich gesagt – vollkommen kalt. Zwar spielten sie mit dem Gedanken, irgendwann aus dieser Befreiung eine Heldentat zu machen und sich die stattliche Belohnung zu verdienen. Im Augenblick hatte es jedoch damit keine Eile. Sollten die da unten ruhig noch eine Weile ein nützliches Überlebenstraining absolvieren.

So wie die Dinge lagen, wäre es ein unverzeihlicher Fehler gewesen, die einmalige Chance, das Steuer der „VASCO DA GAMA" selbst in die Hand zu nehmen, ungenützt verstreichen zu lassen. Schon mit Rücksicht auf Luigi, den es nur so in den Fingern juckte. Rick ging vor der Kapitänskajüte in Stellung, während die anderen im Sturm die Kommandobrücke eroberten. Wild gestikulierend machten sie sich an den Geräten zu schaffen und gebärdeten sich wie alte Seebären, die weder Tod noch Teufel fürchteten.

In ihrem Begeisterungstaumel hatten die Burschen jedoch nicht bedacht, dass es für einen Zwei-Zentner-Mann vom Schlage des Fausto Moretti kein Problem darstellte, eine schwache Kajütentüre einzurennen. Es dauerte keine fünfzehn Minuten, da war es mit dem lustvollen Treiben vorbei. Drei Ganoven standen im Raum, Rick im Schwitzkasten. Händeringend und mit schmerzverzerrtem Gesicht beschwor er die Freunde, ihn aus seiner Zwangslage zu befreien. Diese zögerten nicht lange, denn der Zeitpunkt für einen Schlagabtausch war gekommen.

Luigi hatte sich bereits die Hemdsärmel hochgekrempelt. Angriffslustig wie zehn Seeräuber zusammen stürzte er sich auf den Kapitän. Er hatte mit ihm ohnehin noch eine alte Rechnung zu begleichen, da der Fausto ihn vor einigen Jahren ganz unkollegial bei der Gendarmerie verpfiffen hatte. Mario knöpfte sich das Kraushaar vor, und Alfredo übernahm den Rest. Man kämpfte mit harten Bandagen, Auge um Auge, Zahn um Zahn.

Vom ungewöhnlichen Krach angelockt, erschienen bereits die ersten Passagiere am Schauplatz des Geschehens. Keiner wagte, den Herren Einhalt zu gebieten oder sich auch nur mit Kommentaren einzumischen, denn auf den ersten Blick war klar, dass hier Profis am Werk waren.

Luigi befand sich bereits in bedrohlicher Reichweite des Swimming-Pools. Gegen einen Zwei-Zentner-Mann kam er nicht an. Noch ein, zwei Sekunden, und er lag im Wasser. Endlich konnte er schwimmen lernen. Rick eilte ihm zu Hilfe, setzte mit einem gekonnten Griff den Kapitän schachmatt und band ihn schnurstracks mit der Wäscheleine an der Schwimmbadleiter fest. Das andere Ende warf er Luigi zu, der dankbar danach griff und wie ein Fisch an Land gezogen werden konnte.

Mario machte mit dem Krauskopf kurzen Prozess. Noch einmal würde er ihm nicht entkommen. Mit einem siegesgewissen „Hau-Ruck!" beförderte er ihn kopfüber ins kalte Nass, um anschließend Alfredo zu Hilfe zu eilen. Der hatte mit dem härtesten Brocken zu kämpfen, der ihm jemals untergekommen war. Beiden tropfte bereits das Blut aus der Nase, und es war nicht abzusehen, wer in diesem Nahkampf den kürzeren ziehen würde. Mit vereinten Kräften schafften sie das k.o. des Gegners, den sie in hohem Bogen seinen Leidensgenossen hinterherschleuderten.

Die beiden Nichtschwimmer zogen im Pool eine erbärmliche Nummer ab. Kamen sie an die Oberfläche, stießen sie markerschütternde Schreie aus. Die Zuschauer feixten und spotteten, wusste doch jeder, dass das Becken nur eineinhalb Meter tief war.

Der Komik der Situation setzte Rick noch eine Pointe auf. Im allgemeinen Tumult war er für einige Minuten verschwunden gewesen, um mit einer beeindrucken Trophäe zurückzukehren. Dem Geigenkasten! Genüsslich triumphierend öffnete er ihn und kippte den brisanten Inhalt in die badende Menge. Aufschreie von allen Seiten. Mittlerweile gab es niemanden, der sich nicht an Oberdeck eingefunden hätte, um ein bühnenreifes Schauspiel zu verfolgen.

Der dritte Akt war eingeläutet, die Ganoven am Ende ihrer Kraft. Paddelnd und prustend gelobten sie die Kapitulation, wenn man sie nur schnellstens aus dem Wasser zöge. Diesem Wunsch konnte entsprochen werden. Alfredo, Mario, Rick und Luigi, die Helden der Stunde, führten unter dem Beifall der Passagiere die Wasserratten höchstpersönlich ab und steckten sie im Austausch mit der rechtmäßigen Mannschaft in das dunkle Verlies des Gepäckraums.

Der Tag klang friedlich aus, und auch der nächste Morgen begann zunächst ruhig. Der Kapitän – in erstaunlich guter Verfassung – hatte das Steuerrad wieder fest in der Hand, und der Inhalt des Schiffstresors wurde sichergestellt.

Wem dieser Befreiungsschlag zu verdanken war, sollte nicht in Vergessenheit geraten. Aus diesem Grunde wurde für den Abend ein Gala-Dinner anberaumt, anlässlich dessen die Herren aus Argentinien endlich Ruhm und Ehrung erfahren sollten, wie es ihnen gebührte. Edle Tropfen flossen in Strömen, noch mehr die Worte der Hochachtung. Man könne sich glücklich schätzen, Kämpfernaturen von solch grundanständiger Gesinnung an Bord zu haben, die mit einem beispiellosen Coup die „VASCO DA GAMA" vor einer Fahrt ins Ungewisse bewahrt hätten. Der Kapitän stellte eine großzügige Belohnung in Aussicht und ließ es sich nicht nehmen, dem sprachlosen Quartett eine Medaille mit der Inschrift „Helden der Südsee" höchstpersönlich an die Brust zu heften.

Leider gab es noch ein Problem, das den Männern trotz aller Glücksgefühle Kopfzerbrechen bereitete. Sollte sich durch einen dummen Zufall ihre wahre Identität herausstellen, saßen sie gewaltig in der Klemme. Aus diesem Grunde beschlossen sie, durch eine Bekanntmachung besonderer Art den nicht auszuschließenden Komplikationen vorzubeugen.

Kurz nach Mitternacht, als die Stimmung ihren Höhepunkt erreicht hatte, ergriff Alfredo das Wort. Er sei gerührt von den Sympathiebekundungen, müsse jedoch der Darstellung des Kapitäns noch einige persönliche Bemerkungen hinzufügen.

Atemstille im Raum. Alles starrte wie gebannt auf Alfredo. Der kam nach kurzem Räuspern schnell zur Sache. Er müsse um Verständnis bitten für die Tatsache, während der gesamten Dauer der Reise die Personen an Bord mit der falschen Angabe, argentinische Staatsangehörige zu sein, getäuscht zu haben. Doch besondere Umstände erforderten besondere Maßnahmen. Nun aber, nach erfolgreicher Erledigung aller Aufgaben, sei der Zeitpunkt gekommen, die Maske fallen zu lassen und die wahre Identität preiszugeben.

Alfredo strich sich kurz durch das gelockte Haar und gab zur Verblüffung aller Passagiere bekannt, in Wirklichkeit Agenten eines angesehenen Genueser Detektivbüros zu sein, die im Auftrag ihres Chefs an Bord der „VASCO DA GAMA" die streng geheime Mission zu erfüllen gehabt hätten, mehrere des Bankraubs verdächtige Personen ihrer Tat zu überführen. Dank einer ausgeklügelten Strategie sei dies nunmehr gelungen. Die vergangenen Wochen hätten jedoch ihre gesamte Kraft und Energie in Anspruch genommen, und man möge ihnen gnädigst nachsehen, wenn sie sich in den nächsten Tagen ein wenig zurückzögen.

Großer Applaus im Saal. Die Tätigkeit eines Agenten hatte in der Vorstellung eines jeden etwas ungemein Faszinierendes und Mysteriöses zugleich, setzte sie doch eine gehörige Portion Mut und Draufgängertum voraus. Alfredo, Mario, Rick und Luigi verließen den Saal unter Beifallsrufen der Gäste, die ihnen standing ovations bereiteten.

Alles schien ein ruhmreiches Ende zu nehmen. Bis in die frühen Morgenstunden hatte man in Ricks Kajüte gefeiert und wachte erst am späten Nachmittag auf. Da überbrachte der Steward einen Brief des Kapitäns. Den knappen Worten war zu entnehmen, dass sich die Herren zu einer Unterredung in dessen Kajüte einfinden sollten.

Die vier waren wie vom Schlag gerührt. Das hatte nichts Gutes zu bedeuten. Vielleicht war es sogar das Ende. Der Kapitän hatte das Spiel durchschaut, und ihnen wurde nun die Schmach zuteil, ein Geständnis ablegen zu müssen. Das beste wäre, sich durch Flucht dem Unausweichlichen zu entziehen. Doch Flucht auf hoher See? Ein aussichtsloses Unterfangen.

Nach gründlichem Abwägen des Für und Wider kamen die Männer zu der Erkenntnis, sich zu stellen und die Wahrheit auf den Tisch zu legen. Schließlich hatten sie nicht so viel auf dem Kerbholz, um für den Rest des Lebens hinter Schloss und Riegel zu verschwinden. Ein paar Tricksereien, kaum der Rede wert.

Dermaßen gefasst traten sie ihren schweren Gang an. Der Kapitän empfing sie wider Erwarten freundlich und bot ihnen nicht nur einen Sessel, sondern auch eine Zigarre an. Nach einigen belanglosen Worten rückte er mit seinem Anliegen heraus. Langer Rede kurzer Sinn, die Schiffsmannschaft hätte sich einstimmig dafür ausgesprochen, die vier Herren aus Genua als Schiffsdetektive an Bord der „VASCO DA GAMA" verpflichten zu wollen. Die Ereignisse der letzten Tage hätten die Notwendigkeit energischer

Ordnungshüter deutlich gemacht, für die einzig und allein sie in Betracht kämen, da sie sich auf außerordentliche Weise dafür qualifiziert hätten.

Alfredo, Mario, Rick und Luigi waren wie vom Blitz getroffen. Im Geiste hatten sie sich bereits mit Handschellen gesehen, und nun machte ihnen der Kapitän ein Angebot, an das sie nicht im Traum gedacht hatten. Beschämt schlugen sie die Augen nieder. Doch der Kapitän ließ sich nicht beirren, den zweifelnden Gesichtern die Vorteile dieser verantwortungsvollen Tätigkeit in den herrlichsten Farben zu schildern.

Die Kameraden hörten aufmerksam zu. Eigentlich war es nie ihr Berufsziel gewesen, ein bürgerliches Leben mit festen Arbeitszeiten zu führen, aber dieser Vorschlag schien doch verlockend. Man bat um Bedenkzeit bis zum Abend, um ihre Entscheidung in Ruhe treffen zu können.

Ein gesichertes Einkommen, noch dazu in der Südsee, und zehntausend Euro Belohnung extra, das kam bestimmt nie wieder. Vielleicht war es die Chance ihres Lebens. Und eines stand fest, an ihren Lebensgewohnheiten würde sich nicht viel ändern. Als Koch oder Kellner schuften zu müssen, das wäre einer Selbstverleugnung gleichgekommen. Nie und nimmer hätten sie hier zugestimmt. Aber Schiffsdetektiv zu sein, das war doch eine Aufgabe, die ihnen in Fleisch und Blut übergehen würde. Immer mehr neigten sie zu der Ansicht, das Angebot annehmen zu wollen.

Wie unter Freunden üblich, beschlossen sie, zur Abstimmung zu schreiten. Keiner sollte sagen können, von den anderen überrumpelt worden zu sein. Luigis Finger schnellte als erster in die Höhe, gefolgt von Rick, der seiner Sache ebenfalls sicher war. Mario zögerte noch, gab sich dann einen Ruck und schloss sich der Meinung der beiden ersten an. Nur Alfredo konnte sich mit dem Gedanken nicht anfreunden, sein Leben künftig auf See fristen zu sollen. Er hing an seiner Heimatstadt Genua und wollte wieder dorthin zurück. Doch die Freunde erwarteten, dass er sie nicht enttäuschte. Und so war auch seine Hand plötzlich oben, was die anderen mit großer Erleichterung zur Kenntnis nahmen.

So geeint, traten sie am Abend vor den Kapitän und unterschrieben den bereits vorbereiteten Vertrag, der ihrem unruhigen Leben ein Ende setzen sollte. Die Angelegenheit wurde mit Händedruck besiegelt sowie der Versicherung, die neuen Kollegen wohlwollend in den Kreis der Besatzung aufzunehmen.

Ende gut, alles gut. Nur in der Spelunke „NEGRO CABALLO" würde man sie in Zukunft vermissen. Aber wer weiß, wozu dies gut war?

MAMBA MIA

Es war an einem dieser nasskalten Novemberabende, an denen man keinen Hund vor die Türe jagen würde. Jeder, der draußen etwas zu erledigen hatte, versuchte seine Schritte zu beschleunigen, um die ungemütliche Witterung rasch hinter sich zu bringen. Freiwillig einen Spaziergang zu wagen, wäre wohl kaum jemandem in den Sinn gekommen, es sei denn, die Person hatte widernatürliche Neigungen oder einen unaufschiebbaren Termin.

Und trotzdem war noch jemand unterwegs, nicht gerade auf zwei Beinen, wie man bei genauem Hinsehen feststellen konnte. Aber wer achtete schon darauf?

Das kleine Etwas focht das schaurige Herbstwetter nicht im geringsten an. Unbeirrt ging es auf der Landstraße seines Wegs in Richtung City. Jawohl, auf der Straße! Nicht etwa in selbstmörderischer Absicht, wie man daraus schließen könnte, sondern wohl mehr deswegen, weil es die Orientierung verloren hatte und nun mehr oder weniger ziellos umherirrte.

Autofahrer, die ab und zu im Scheinwerferlicht auftauchten, konnten nicht wissen, wer sich da zwischen ihren Rädern einen Weg bahnte. Und selbst wenn sie es gesehen hätten, hätten sie es nicht auf Anhieb erkannt. Denn der kleine Verkehrsteilnehmer war nur daumendick, dazu auch noch pechrabenschwarz.

Die letzte Bleibe des kleinen Nachtschwärmers befand sich etwa fünfhundert Meter weit entfernt im Erdgeschoss eines Wohnhauses. Genau gesagt war es eine Glasvitrine mit indirekter Beleuchtung, die einem gewissen Herrn Alois Kneisl, Oberamtmann im Ruhestand, gehörte. Dieses Möbelstück, in dem normalerweise Gegenstände aus Porzellan, Glas und Silber zur Schau gestellt wurden, hatte der

Pensionär zu einem Käfig umfunktioniert. Dazu muss man wissen, Herr Kneisl hatte sich mit zunehmendem Alter ein besonders ausgefallenes Hobby zugelegt , dem er mit immer größerer Leidenschaft frönte. Bedauerlicherweise war er gezwungen, seine Neigungen unter größter Geheimhaltung zu pflegen, handelte es sich bei seinen Käfiginsassen doch um Haustiere besonderer Art, um die normal veranlagte Menschen einen Bogen machten oder am liebsten gar nicht erst in Berührung kommen wollten.

Es waren Schlangen, denen Herrn Kneisls ganzes Herz gehörte. Und was ihm an diesem Abend durch die Lappen gegangen war, war nichts anderes als seine Neuerrungenschaft, ausgerechnet ein Reptil der gefährlichen Kategorie – eine schwarze Mamba.

Drei Wochen war es her, dass er sie von einer Reise nach Südafrika, wohlversteckt in einer Hutschachtel, mitgebracht hatte. Er hatte sie gehegt und gepflegt, ihr eine angemessene Behausung geschaffen, und nun hatte dieses undankbare Geschöpf die erstbeste Gelegenheit beim Schopf gepackt, Reißaus zu nehmen. Mamba mia! Herr Kneisl war außer sich.

Nachdem er in Panik seine vier Wände auf den Kopf gestellt, auf allen vieren den Fußboden abgesucht, einen Blick in den Papierkorb geworfen und den Kleiderschrank durchstöbert hatte, ließ sich der beleibte Mann ächzend auf dem Sofa nieder, um seine Brillengläser trocken zu tupfen. Dabei fiel ihm auf, dass die gläserne Schiebetüre seines Schlangengeheges einen winzigen Spalt geöffnet war. Durch diesen war die Mamba entwischt und hatte – wie es schien – nichts Eiligeres zu tun, als durch das geöffnete Fenster der Freiheit zuzustreben.

Herrn Kneisl saß der Schock in allen Gliedern, zumal er über das plötzliche Dahinscheiden seines Ringelnatterpärchens noch nicht hinweggekommen war. Und die Trauer über den Verlust seiner Zwergpython, die sich mit unbekanntem Ziel davongemacht hatte, saß ebenfalls tief. Nun auch noch das. An die Folgen des Ausreißmanövers wagte er kaum zu denken. Doch konnte er sich nur zu gut ausmalen, wie seine Käfiginsassin in den nächsten Stunden, vielleicht sogar Tagen, für erhebliche Unruhe sorgen würde. Gelinde ausgedrückt.

Die so betrauerte „Fuzzy", wie Herr Kneisl seine Hausgenossin zärtlich nannte, hatte sich inzwischen mit viel Glück durch das Labyrinth der Autoreifen geschlängelt und war wohlbehalten auf der anderen Straßenseite gelandet. Dort verweilte sie einen Augenblick, denn die ungewohnte Fortbewegung auf dem nassen Asphalt machte ihr zu schaffen.

Der Zufall wollte es, dass just in diesem Moment ein älterer Herr mit Spazierstock vorbeikam. Im Bruchteil einer Sekunde hing die Schlange an dem Gegenstand, und so ging es in gleichförmigem Rhythmus stadteinwärts.

Bei dem zügig dahinschreitenden Herrn handelte es sich um einen ehemaligen Zoologen, der im Umgang mit Reptilien auf eine langjährige Berufserfahrung zurückblicken konnte. Der Anblick der schwarzen Mamba hätte ihn mit Sicherheit nicht gleichgültig gelassen, wusste er doch, dass diese Baumnatter als gefährliches Exemplar eingestuft werden musste, da ihr Biss innerhalb einer halben Minute zum Tode führte.

Von dieser Tatsache jedoch unbehelligt, betrat er guten Mutes und in Vorfreude auf seinen Dämmerschoppen die Räume eines Bierkellers, wo er seine Gehhilfe samt schmückendem Beiwerk in die Ecke stellte. Fuzzy verweilte dort noch kurze Zeit, war dann aber plötzlich voller Unternehmungsgeist und begab sich unbemerkt unter den Füßen der gut besetzten Tische in die Küche des Hauses.

Dort war man gerade damit beschäftigt, den Bestellungen der Gäste am Herd Rechnung zu tragen. In der allgemeinen Hektik fiel es daher nicht auf, dass sich auf einer weißen Porzellanplatte neben einer Portion Sauerkraut etwas kunstvoll zusammengekringelt hatte, was im ersten Moment von einer Bratwurst nicht zu unterscheiden war. Die Kellnerin ergriff die Mahlzeit und servierte das Schmankerl einer Dame, die das Potpourri auf ihrem Teller ziemlich ungläubig anstarrte. Sie wollte die Kellnerin herbeizitieren, um sich über die verbrannte Bratwurst zu beschweren, da wurde dieselbe urplötzlich quicklebendig und fing zum Entsetzen aller an, sich selbständig zu machen und in ihrer ganzen Länge über den Tisch zu kriechen.

Gellende Aufschreie von allen Seiten. Wie von der Tarantel gestochen, sprangen die Gäste von ihren Tischen auf und stürzten zum Ausgang.

Da ertönte vom Tisch des Zoologen die eindringliche Mahnung:„Bitte keine Panik! Verharren Sie regungslos! Wir haben es hier nicht mit einer harmlosen Blindschleiche zu tun, sondern mit einer gefährlichen schwarzen Mamba. Die Schlange verhält sich im allgemeinen scheu und wird von ihren Waffen erst Gebrauch machen, wenn sie sich angegriffen fühlt. Am besten stellen Sie sich leblos, auch wenn Sie mit dem Reptil hautnah in Berührung kommen sollten."

Diesem Ratschlag zu folgen, war der Mehrzahl der Gäste aus der Seele gesprochen, waren sie vom Anblick der Todesschlange doch so gelähmt, dass sie keinen Fingerbreit sich hatten bewegen können.

Die Mamba war in diesem Moment jedoch alles andere als angriffslustig. Neugierig kletterte sie an der Theke empor, schlang sich um allerlei Verbindungskabel, die zur Decke führten und strebte schließlich als Ziel den ausladenden Kronleuchter an, der sich als Rettungsanker in dieser Krisensituation anbot.

Auf diesen Augenblick hatten die Kneipenbesucher nur gewartet. Im Bewusstsein, eben noch einmal einer Katastrophe entronnen zu sein, stürzten sie zur Garderobe und verließen fluchtartig die schaurigen Gewölbe des Bierkellers.

Der Wirt hatte sich hinter der Biertheke verschanzt. Dort nahm er allen Mut zusammen und wählte die Nummer von Polizei und Feuerwehr. Immer die schwarze Mamba im Auge, schilderte er mit bebender Stimme die Vorgänge in seinem Lokal und drängte auf umgehende Entfernung des geschäftsschädigenden Elements.

Innerhalb weniger Minuten war die Feuerwehr mit großem Aufgebot zur Stelle. Fünf Mannschaftswagen, vier Einsatzwagen stellten ihre Übermacht zur Schau. Durch die zahlreichen Schilderungen von Mund zu Mund war die Größe des zu bezwingenden Ungeheuers bereits auf stattliche zwei Meter Länge angewachsen, sein Durchmesser auf Armesbreite.

Die tollkühnen Vertreter der Feuerwehr sahen nicht gerade aus wie Schlangenbeschwörer, als sie mit ihren gepanzerten Uniformen, den kniehohen Stiefeln, sowie schweren Helmen mit Nackenschutz den Fahrzeugen entstiegen. Siegessicher marschierten sie auf das Gebäude zu, um die lächerliche Angelegenheit – wie sie meinten - im Handumdrehen aus der Welt zu schaffen.

Der Auftrag des Kommandanten lautete, den königlich-bayerischen Kronleuchter samt Schlangenbesetzerin mit Montageschaum zu überziehen, die Natter dadurch bewusstlos und bissunfähig zu machen, um sie dann in einer eigens dafür vorgesehenen Metallkiste in den nahegelegenen Tierpark zu überführen. Dort sollte sie zu neuem Leben erweckt werden.

Soweit die Theorie. Doch die Praxis hatte den ausgeklügelten Plan längst überholt. Die Feuerwehr-Eliteeinheit konnte sich mit einem Blick durch das Fenster des Gastraumes davon überzeugen, dass dieses Vorhaben schon daran scheitern würde, dass der besagte Beleuchtungskörper außer einer Menge Spinnweben keine weiteren Wesen beherbergte, schon gar kein zwei Meter langes, schwarzes Reptil.

Auch Herrn Kneisl war über Rundfunk die hochbrisante Lage zu Ohren gekommen. Mit beklemmenden Gefühlen nahm er zur Kenntnis, dass die Polizei seinem Viecherl mit allen zur Verfügung stehenden Mitteln zu Leibe rücken wollte. Er konnte nur hoffen, dass seine flinke Fuzzy sich dieser Kampfansage erfolgreich würde entziehen können.

Nicht zuletzt aus diesem Grund beschloss er, sich zum Schauplatz des Geschehens in die Innenstadt zu begeben. Wenn er schon selbst nichts unternehmen konnte, so wollte er doch seinem Liebling in dieser schweren Stunde nahe sein.

Leider kam es anders. Herrn Kneisl blieb nicht erspart, mit ansehen zu müssen, wie die Brutalität am Schauplatz Einzug hielt. Während die Feuerwehrleute auf Verstärkung warteten, um den Bierkeller zu stürmen, meldeten sich überraschend drei freiwillige Kämpfer an die Front. Sie hatten auf diesen Auftritt gewartet, ihm entgegengefiebert, um als Helden oder Märtyrer, je nach Ausgang der Dinge, in die Geschichte der Stadt einzugehen. Allen voran ein Oberförster im Ruhestand, der mit Schrotflinte und Zielfernrohr herbeigeeilt war, um der Bestie den Garaus zu machen. Flankenschutz erhielt er von einem Wünschelrutengänger, der dank hellseherischer Kraft den Aufenthaltsplatz der Schlange orten wollte. Schließlich trat ein selbsternannter Schlangenspezialist auf den Plan, der sich damit brüstete, das Reptil mit magischen Beschwörungskünsten außer Gefecht setzen zu wollen.

Die drei Musketiere beabsichtigten nun, vor den Augen des Publikums in Szene zu setzen, was es heißt, einen Gegner im Handstreich zu erledigen. Kampfesmutig, mit der Gangart furchtloser Gladiatoren betraten sie die Arena, gefolgt von den Blicken der teils ängstlich, teils sensationslüstern dreinschauenden Zuschauer.

Es dauerte nur wenige Minuten, bis der erlösende Schuss fiel. In kurzen Abständen folgten noch ein zweiter, ein dritter, schließlich ein regelrechter Kugelhagel, der erst aufhörte, als das gesamte Arsenal verbraucht war. Danach kehrte Ruhe im Saal ein, in dem gewaltiger Pulverdampf die Sicht vernebelte.

Es war der Oberförster, der mit vor Stolz geschwellter Brust vor das applaudierende Publikum trat, die Siegestrophäe nach oben gerichtet. Jeder konnte das schwarze Scheusal sehen, das von Schüssen aufgeschlitzt und durchlöchert sein Leben hingeben musste. Die sterblichen Überreste der schwarzen Mamba wurden in besagter Kiste verstaut, um sie dem Naturwissenschaftlichen Institut für Museumszwecke zu übergeben.

Allgemeines Aufatmen sowie standing ovations für die unerschrockenen Männer. Nur einem Augenzeugen war ganz und gar nicht nach Jubel zumute. Alois Kneisl konnte sich mehrere Stoßseufzer nicht verkneifen, als die tödlichen Schüsse an sein Ohr drangen. Gesenkten Hauptes und in gehörigem Abstand hatte er mit angehört, wie das Todesurteil vollstreckt worden war. „Ruhe in Frieden", murmelte er vor sich hin und trottete nach Hause.

Maßlos erstaunt waren allerdings die Herren des Naturwissenschaftlichen Instituts, als sie den Neuankömmling am nächsten Morgen unter die Lupe nahmen. Im ersten Moment glaubte jeder an einen Aprilscherz, denn der Verdacht war nicht von der Hand zu weisen, dass hier jemand mit einem beispiellosen Streich die hohe Wissenschaft zum Narren halten wollte. Was in einer Nacht- und Nebelaktion als gefährliches Reptil gejagt worden war, entpuppte sich im Lichte des Tages als gewöhnliches Abfallprodukt aus schwarzem Gummi, nach intensiver Analyse als ausgedienter Fahrradschlauch.

Und noch jemand sollte an diesem denkwürdigen Tag ins Staunen geraten. Als die Putzfrau des Salvator-Kellers am Morgen nach dem Spektakel die gewissen Örtlichkeiten zu reinigen begann, entdeckte sie in einer der Toilettenschüsseln ein zusammengerolltes Etwas, das sie daraufhin – es war ihr nicht zu verdenken – mit einem entschlossenen Druck auf den Spülknopf den Weg alles Irdischen gehen ließ.

Damit war Fuzzy wieder für einige Zeit der Aufmerksamkeit der Welt entschwunden. Mit der Wucht des Wasserstrahls durch das Rohrlabyrinth geschleudert zu werden, war kein Vergnügen und eigentlich ein Wunder, dass sie mit heiler Haut herauskam. Genau gesagt, aus einem Kanaldeckel abseits des Menschengetriebes.

Kaum ein Spaziergänger war zu dieser späten Stunde unterwegs. Fuzzy konnte sich ungehindert zu den nahe gelegenen Parkanlagen durchschlagen. Sie balancierte über die leeren Bänke, schlängelte sich durch das raschelnde Herbstlaub, wand sich um die dicksten Baumstämme und landete schließlich auf einem Lederstiefel der Größe 46.

Um es gleich vorwegzunehmen, das derbe Schuhwerk gehörte einem jungen Mann, der sich in der Dunkelheit in die Parkanlagen begeben hatte, um seinem Leben ein Ende zu setzen. Vor wenigen Tagen von seiner Liebsten verlassen, schien das Dasein für ihn keinen Sinn mehr zu haben. Nervös fingerte er an seiner Pistole herum, um sie im geeigneten Moment an die Schläfe zu setzen. Doch dieser Moment wollte nicht so recht kommen. Denn für einen Selbstmörder, der sich zum ersten Mal diesem Problem gegenübersieht, ist es keine Kleinigkeit, das Vorhaben in die Tat umzusetzen. Und so dauerte es auch in diesem Fall geraume Zeit, bis sich der Finger auf den Abzug legte und dem unausweichlichen Mechanismus freien Lauf ließ.

Eigentlich hätte nun nach Erledigung dieser Umstände die Leiche des Mannes vornüberkippen oder seitlich auf die Bank fallen müssen. Aber nichts dergleichen geschah. Der junge Mann saß aufrecht, doch ziemlich verdattert auf der Parkbank und wunderte sich, dass er noch am Leben war. Allem Anschein nach hatte er in der Aufregung vergessen, die Pistole zu laden. Zitternd und kreidebleich wollte er es ein zweites Mal versuchen, diesmal mit mehr Erfolg. Da gewahrte er die Schlange auf seinem Stiefel. Fuzzy hatte bereits keck den Kopf zu ihm aufgerichtet und züngelte vor seinem Knie unruhig hin und her.

Der Selbstmordkandidat war überzeugt, dieses Mordinstrument hatte ihm der Himmel geschickt. Schwarz, daumendick, einen Meter lang! Das konnte nur eine gefährliche Mamba sein, deren Biss innerhalb weniger Sekunden zum Tode führte. Händeringend flehte der Lebensmüde das Reptil an, ihm doch den Gnadenbiss zu versetzen. Fuzzy dachte nicht daran. Sie kroch noch ein Stückchen höher, schmiegte sich an ihn und machte nicht die geringsten Anstalten, seiner immer drängenderen Bitte nachzukommen.

Der Selbstmörder hatte nicht vor, sich von einer lausigen Schlange zum Narren halten zu lassen. Die Verhohnepiepelung des Ernstes der Lage war mehr, als er ertragen konnte. Wütend packte er Fuzzy und drückte ihr die Gurgel zu. Dann verlor er ganz die Beherrschung und schleuderte das entartete Tier in hohem Bogen wie ein Lassoseil über eine Reihe von Alleebäumen. Fuzzy wirbelte durch die Luft wie eine aufgerollte Lakritzschnecke, bis sie in einiger Entfernung vom Dunkel der Nacht verschluckt wurde.

Die Landung war alles andere als sanft und weich. Fuzzy konnte ja nicht wissen, dass sie sich einen bayerischen Trachtenhut mit Gamsbart dazu auserkoren hatte. Allerdings war das stachelige Ding äußerst praktisch. Man konnte sich darauf zweimal um die eigene Achse kringeln und hatte unter dem Gamsbart ein windgeschütztes Quartier für die Nacht.

Der Träger des Hutes hatte nicht die blasseste Ahnung, wer sich da oben auf seinem Kopf eingenistet hatte. Doch selbst wenn er es gewusst hätte, wäre er wohl kaum in Panik geraten, handelte es sich doch um niemand anderen als – Herrn Alois Kneisl, der auf dem Heimweg die Abkürzung durch den schwach beleuchteten Park genommen hatte. Gerade wollte er sich unter einem Kastanienbaum eine Pfeife anzünden, da passierte es. Fuzzy fiel ihm zwar nicht in die Hände, aber auf den Kopf. Mamba mia!

Es dauerte keine zehn Minuten, als der Hut am Garderobenständer hing. Herr Kneisl schaltete den Fernseher ein, lauschte den Spätnachrichten, genehmigte sich eine halbe Maß Bier und fühlte sich plötzlich so müde, dass er sich aufs Sofa legte. Die Hände über dem Bauch gefaltet, war er für einige Zeit weg von dieser Welt.

Ihm träumte von einer riesengroßen schwarzen Schlange, die sich um seinen Hals legte, ihn würgte und würgte. In Todesangst setzte er sich mit seinem Brotzeitmesser zur Wehr, erstach das Untier und schnitt es wie eine Wurst in Stücke.

„So weit kommt's noch", murmelte Herr Kneisl, als er aus seinem Nickerchen erwachte.

Wie gerädert setzte er sich auf, wischte den Schweiß von der Stirn, rückte die Brille zurecht ... Nanu? Wachte er oder träumte er? Hinter der Glasscheibe kringelte sich etwas um den seit Tagen verwaisten Birnbaumast. Seine Fuzzy! Seine liebe, gute Fuzzy!

Mit einem Satz war er auf den Beinen, um das Wunder zu bestaunen. Tatsächlich! Kein Zweifel, das war sie. Durch den Spalt, durch den sie entschlüpft war, hatte sie zurückgefunden. So ein gescheites Ding! Herrn Kneisl traten Tränen der Rührung in die Augen. Er öffnete die Vitrine, um die verloren Geglaubte an sein Herz zu drücken.

Fuzzy, die sich allmählich über nichts mehr wunderte, ließ die Zärtlichkeiten über sich ergehen. Sie revanchierte sich, indem sie durch Herrchens linkes Hosenbein kroch und in Bauchnabelhöhe wieder zum Vorschein kam, Laute höchster Verzückung auslöste, indem sie den Krawattenknoten löste, Herrn Kneisl am Schnurrbart kitzelte und auf seiner blank polierten Glatze sich in Brezelform einrollte.

Herr Kneisl amüsierte sich königlich und feuerte den kleinen Schlingel zu immer ausgefalleneren Scherzen an. Fuzzy durfte auf der Schaumkrone seines Bierglases herumturnen, die Senftube über den Teppich ziehen, sich in der Butterdose wälzen und das Salzfass umkippen. Mamba mia!

Auf dem Höhepunkt des Abends gestattete er ihr sogar ein Sonderrecht. Er nahm sie mit in sein Schlafzimmer und bedeutete ihr mit allerhand Gesten, sich auf seiner Bettstatt ein Plätzchen zu suchen, während er unter sein Zudeckbett kroch und die ebenfalls ermattete Fuzzy durch sein Schnarchen in einen seligen Schlaf wiegte.

In dieser Nacht wurde Herr Kneisl nochmals von einem Albtraum heimgesucht. Ihm träumte von einem riesigen gläsernen Käfig. Und wer saß darin? Er selbst! Auf einem Birnbaumast, sehnsüchtig zum halb geöffneten Fenster schielend. Schließlich hielt er es nicht mehr aus. Mit Händen und Füßen zertrümmerte er die Scheibe und versuchte, durch das Fenster zu entfliehen. Doch musste er feststellen, dass er aufgrund seiner Leibesfülle eingeklemmt war und es weder ein Vor noch ein Zurück gab.

Dieser Traum gab Herrn Kneisl sehr zu denken, hatte er ihm doch deutlich vor Augen geführt, zu welch kopflosen Handlungen das Gefängnisdasein führen konnte. Ehrlich gesagt wollte er nicht in der Haut seines Schlangenlieblings stecken und das Leben aus der Perspektive eines Käfiginsassen betrachten müssen.

„Träume sind keine Schäume", dachte er für sich und beschloss, in Zukunft seiner Fuzzy größere Annehmlichkeiten zugute kommen zu lassen. Zunächst einmal wollte er sie an seinen täglichen Spaziergängen teilhaben lassen. Er konnte sie ja unter seinem Hut verschwinden lassen oder sie in seiner Jackentasche verstecken, wenn das Auge des Gesetzes ihm Schwierigkeiten bereiten sollte. Und noch etwas hatte er sich fest vorgenommen. Bei nächster Gelegenheit wollte er dafür sorgen, dass Fuzzy einen Gefährten bekam. Denn die Einsamkeit war bekanntlich ein Grund, der auch viele Menschen die Flucht ergreifen ließ.

Angst vor seinem Viecherl hatte er ohnehin nie gehabt, war ihm von dem Schlangenhalter ihres Heimatlandes doch schwarz auf weiß bestätigt worden, dass sie längst keinen Giftzahn mehr besaß. Doch wozu jetzt, nachdem alles vorbei war, mit dieser Tatsache herausrücken? Er würde sich nur neue Unannehmlichkeiten einhandeln. Und Herr Kneisl wollte endlich wieder seine Ruhe haben.

AUS FÜR GRÜNES BLAU

Im obersten Stockwerk eines Altbaus am Stadtrand von Wien konnte man an der Wohnungstüre einen nicht alltäglichen Namen lesen: Caspar David Liebetreu.

Sechs Wochen war es her, dass der Träger des Namens, ein blondgelockter junger Mann, dort eingezogen war, und noch immer gab er den Nachbarn Rätsel auf. Gern hätte man gewusst, woher er kam, was er machte. Doch fragen wollte man nicht. Man hatte keinen Draht zu Herrn Liebetreu. Ein komischer Kauz war er, der nachts in der Wohnung herumpolterte und sich einen Dreck um den Hausfrieden scherte.

Meist war es später Nachmittag, wenn er pfeifend die Treppe herunterkam und das Haus verließ. Neugierig stürzte so mancher ans Fenster, um den Auftritt des Mannes auf der Straße nicht zu verpassen. Bühnenreif konnte man ihn nennen, der Typ beherrschte die Kunst der Selbstinszenierung. Lange wallende Gewänder, von oben bis unten mit Taschen bestückt, umspielten den Körper – einsdreiundneunzig lang, dünn wie eine Bohnenstange. Doch das war noch nicht alles. Klamotten samt modischem Beiwerk waren ausschließlich in der Farbe Grün gefertigt, was Herr Liebetreu vom Kragenknopf bis zu den Schnürsenkeln konsequent durchhielt. Die Schildmütze in leuchtendem Türkis trug er pfiffig mit dem Schild nach hinten, und bei genauem Hinsehen konnte man eine grün eingefärbte Haarsträhne entdecken, die kunstvoll gezwirbelt in die Stirn fiel. Ein wandelndes Kunstwerk war er, das Aufsehen erregte. Denn- wie man leicht erraten kann – Caspar David Liebetreu war Künstler.

Er glaubte, das Schicksal hätte ihn dazu auserkoren, ein großer Maler zu werden. Einer, der berufen war, mit Pinsel und Farbe die Welt zu verändern. Farbiger sollte sie werden, vor allem grüner. Denn die Welt war nicht grün genug. Nur, wenn sie grün war, war sie schön. Grün war die Farbe der Natur, die Gott, der allmächtige Schöpfer, den wesentlichen Dingen gegeben hatte. Wiesen und Bäume? Grün. Petersilie und Schnittlauch? Grün. Grashalme und Klee? Grün. Unzählige Dinge konnte Herr Liebetreu aufzählen. Und welcher kluge Mensch wollte ihm widersprechen?

Leider gab es ein Problem. Der Himmelvater hatte nur halbe Arbeit geleistet. Das Grün war da, doch schnell wieder weg. Höchstmeisterliches Versagen, doch leicht zu korrigieren. Zwei Hände warteten nur darauf, die Schöpfung zu vollenden. Graue Häuser, graue Straßen, graue Brücken würde es nicht mehr geben. Graue Menschen? Die schon gar nicht.

Doch wer die Welt begrünen wollte, musste berühmt werden. Auf einen berühmten Mann würden die Menschen hören. Nur wer den Gipfel erklommen hatte, gab den Ton an. Den richtigen, den grünen!

So kam es, dass der Künstler sich auf den Weg machte. Den Weg nach oben. Der ist bekanntlich mit Steinen gepflastert. Und steinig hatte er auch begonnen. Genau gesagt, auf den Gehsteigen der Stadt Wien. Ein Pflastermaler war er gewesen, einer unter vielen, der mit Kreiden den Asphalt beschmierte. Laut und schrill, mit nur wenig Grün. Denn Grün war nicht immer seine Leidenschaft gewesen. Im Gegenteil, er hatte es gehasst. Vielleicht, weil der Vater Jäger war? Der Großvater Förster? Grün im Überfluss schafft Verdruss.

Die Not war es, die aus dem Grün eine Tugend machte. Eines Tages, als die Kreiden zur Neige gingen. Und auch das Geld. Doch halt! Die grünen waren noch da. In allen Schattierungen schrien sie danach, sich ihrer anzunehmen. Und der Künstler zögerte nicht lang. War es doch immer schon seine Stärke gewesen, aus dem Nichts etwas Großartiges zu zaubern.

Es war die Geburtsstunde der Farben aller Farben. Und tatsächlich! Die Menschen flogen darauf. Sie himmelten es an. Das Grün brachte Leben auf den Asphalt und Freude in die Herzen. Kaum einer, der nicht stehenblieb und wie gebannt auf die grünen Finger starrte, die märchenhafte Formen zu einem Mosaik aneinanderreihten. Das Grün zog die Blicke magisch an. Wie eine Welle durchflutete es die Stadt. Mal war es hier, mal war es da, und je mehr Plätze der Künstler begrünte, desto schöner war es.

Der Weg führte steil nach oben. Vom Pflastermaler zum Kunstmaler, vom Gehsteig zum Atelier. Herr Liebetreu arbeitete wie am Fließband. Mehr und mehr Bilder erblickten das Licht der Welt, drängten darauf, der Öffentlichkeit vorgestellt zu werden. Freilich – sehr viel war darauf nicht zu sehen. Der Künstler pflegte abstrakt zu malen, abstrakt und minimal. Mit anderen Worten, sparsam sollte es zugehen auf dem Papier. Ein Klecks, ein Strich, ein Punkt, mehr war nicht nötig, die Vollendung erreicht. Manchmal war es nur ein Quadrat. Groß und grün. Nichts Überflüssiges sollte die wunderbare Ordnung stören. Grün pur – sonst nichts.

Der Künstler war in aller Munde. Man lobte ihn über den grünen Klee. Nicht nur die Komposition, auch die Titel seiner Werke verdienten Beachtung. „Dschungelgrün im All", „Giftgrüne Ewigkeit", „Luftschloss auf Wolkengrün" waren noch dem einfacheren Geist zugänglich. Smartere Titel wie „Aus für grünes Blau", „Türkisgrünes Es an meergrünem Nichts" oder gar „Mattes Abendgrün jagt sattes Morgengrün" entlockten passionierten Kunstliebhabern nicht selten Laute höchster Verzückung, die sich bei längerem Betrachten der grünen Bilderflut noch ins Ekstatische steigerten.

„Das Vergangene ist tot. Es lebe die Zukunft!" sagte Herr Liebetreu und warf so manches über Bord. Anstand, Prinzipien, Moral. Zu guter Letzt den Namen. Liebetreu! Damit war kein Platz im Musentempel zu gewinnen. Michelangelo! Van Gogh! Hundertwasser! Das waren Namen. Vor allem der letzte – doch leider vergeben. Liebewasser? Hunderttreu? Liebegrün? Nein, ganz anders ... Nürgebeil! Caspar David Nürgebeil! Ein Wort, knallhart und ein Rätsel zugleich. Denn das ganze Leben ist ein Rätsel. Und das Lesen von hinten nach vorne noch das leichteste.

Doch die Krise kam. Schleichend wie eine böse Krankheit. Erst bemerkte sie der Patient nicht, dann war er schon mittendrin. Es begann damit, dass die Bilder sich schlechter verkauften. Waren es pro Woche zehn, so waren es plötzlich nur noch fünf, dann drei, und auch damit war es schnell vorbei. Absolute Ebbe, auch in der Kasse von Caspar David Nürgebeil.

Was war passiert? Etwas Unfassbares, Unglaubliches. Kaum einer hätte es für möglich gehalten. Und dennoch war es geschehen. Das Grün, es hatte sich davongemacht. Heimlich, still und leise, wie es gekommen, so war es wieder weg. Mit einem Wort: out, total out. Der Mensch, das unberechenbare Wesen, hatte ihm den Laufpass gegeben. Gnadenlos. Gestern noch umjubelt, heute von allen verhöhnt.

Für Nürgebeil brach eine Welt zusammen. Eine Welt, die auf Grün gebaut und wie eine Seifenblase zerplatzt war. Fassungslos stand der Künstler davor, als ob der Boden, der grüne, auf dem er wie ein Fels geruht hatte, ihm unter den Füßen weggerutscht war. Wozu noch arbeiten? Sinnlos Papier und Farbe vergeuden? Schon der Gedanke, den Pinsel in rote, gelbe oder gar lila Farbtöpfe tauchen zu müssen, ließ ihn erzittern. Entweder Grün – oder gar nichts.

Im fünften Stock war es still, beängstigend still. Herr Nürgebeil war nicht mehr zu sehen, nicht mehr zu hören. Nur
am Abend, wenn das grüne Licht aufflammte, ein winziges
Flämmchen, wusste man, er war noch da.

Doch das Leben geht weiter. Den Abgründen der Künstler-
seele entstieg eine Idee. Sie durchzuckte den Mann vom
Kopf bis zu den Fußspitzen und gab ihm zu verstehen, was
die Stunde geschlagen hatte. Ein neues Grün musste her,
ein absolutes, noch nie dagewesenes Grün. Eines, das die
Menschen so fesselte, dass sie nicht mehr von ihm lassen
konnten. Ein Traum von einem Grün, das alles Bisherige in
den Schatten stellte.

Es war der Auftakt zu einer grünen Revolution, die Nürgebeil leidenschaftlich in Szene zu setzen gedachte. Jetzt
und sofort. Das Experiment duldete keinen Aufschub. Mitternacht war vorbei. Auf zu schöpferischen Taten!

Beinahe gierig stürzte er sich auf seine Farbtöpfe. Erst
zaghaft, dann immer wilder tauchte er die Pinsel hinein.
Und siehe da! Das Grün, es war im Kommen. Wie von Geis-
terhand nahm es Gestalt an. Und der Maler mischte und
rührte, tupfte und schattierte, verwarf, besserte nach, eine
Prise Smaragd, ein Quäntchen Türkis, ein Hauch von Pet-
rol. Denn Kunst ist Kampf, ein zähes Ringen, soll es gelingen.

„Es grünt so grün, wenn grüne Blüten blüh'n" sang der Ma-
cher aus voller Kehle, die Pinsel in rasender Fahrt. Mehr als
hundert Blätter zierten den Boden, wuchsen zu einem
Teppich zusammen. Die Wände, der ganze Raum ein Tem-
pel des heiligen neugeborenen Grüns.

Mit allen Fasern seines Herzens hatte er daran gearbeitet.
Und als der Morgen kam, der strahlende junge Morgen,
kam endlich auch die Wahrheit ans Licht. Doch welch
grausame Wahrheit! Der erschöpfte Mann schlug beide
Hände vors Gesicht, glaubte seinen Augen nicht zu trauen.

Was er im Schweiße seines Angesichts erschaffen hatte, war alles andere als revolutionär. Nein, es war kein neues, frisches, jungfräuliches Grün, das ihm entgegenstarrte, kein „Grün im Grün", auf das die Welt gewartet hatte. Es war ein Grün, dem ein Hauch von Verwesung anhaftete. Wie man es auch drehte und wendete, im besten Fall war es ein mausiges Grau, ein lausiges Greige, ein grausiges Schlamm. Mit einem Wort, ein scheußlich schauriges schreckliches Sch....grün.

Im fünften Stock herrschte Weltuntergangsstimmung. Das Experiment missglückt, der Künstler am Boden zerstört. Ein Taugenichts war er, ein Versager, der es nicht wert war, dass ihn die Muse küsste. Hätte er den Mut, sich eine Kugel durch den Kopf zu schießen, er würde es tun. Doch wer weiß, würde ihm das gelingen? Wo ihm doch nichts gelungen war, nicht einmal das Grün, das Grün ... o Gott!

Hals über Kopf stürzte er zur Tür hinaus, die Treppe hinunter. Nur weg von diesem Ort! Weg von dem Grün, das sich wie ein Fluch über ihn gebreitet hatte. Frische Luft wollte er atmen, das Grün aus seinem Hirn verdrängen, bevor es ihm den Verstand raubte.

Fast wie von selbst führten ihn die Schritte hinunter zur Donau, dem Strom, den er liebte und hasste zugleich, an dessen Ufer er so manche Mußestunde verbracht hatte, aber auch Zeiten, in denen es ihm schwer ums Herz war. Eine Stunde oder länger starrte der junge Mann auf den Fluss. Die langsam dahingleitende Wellenbewegung, das sanfte Rauschen des Wassers, waren Balsam für Seele und Geist. Er spürte, wie die Augenlider schwer wurden und er in eine Traumwelt hinüberglitt.

Ein merkwürdiges Bild drängte sich vor sein inneres Auge. Er sah einen Maler vor einer mit goldenen Beschlägen verzierten Türe. Ein Türhüter empfing ihn mit den Worten: „Was hat du auf Erden geleistet?" Und der Maler antwortete: „Ich habe versucht, die Herzen der Menschen mit meinen Bildern zu erfreuen und Farbe in den grauen Alltag zu bringen."

Der Türhüter runzelte die Stirn. „Ist das alles?" fragte er, beinahe vorwurfsvoll.

Der Maler seufzte tief: „So ist es. Denn mein Lebensziel habe ich nicht erreicht. Zwar immer und immer wieder versucht, doch ich bin gescheitert, restlos gescheitert."

Der Türhüter trat einen Schritt näher, musterte den Fremden von Kopf bis Fuß. Wie er so dastand in seinen grünen Klamotten samt grün eingefärbtem Schnurrbart, konnte man ihn einfach nicht so ganz ernst nehmen. „Dein Lebensziel sagst du? Was wäre es denn gewesen?"

Der Maler blickte beschämt zu Boden. „Weißt du", begann er zaghaft, „ich habe ein Problem, das sich im Laufe der Jahre zu einer fixen Idee ausgewachsen hat. Ich kann die Welt nur in der Farbe Grün sehen. Von morgens bis abends spukt es in meinem Kopf nur grün. Das geht so weit, dass ich mich nur in grüner Kleidung wohlfühlen kann und die Wände meiner Behausung grün anstreichen muss. In meinen Lampen brennt grünes Licht. Ich denke grün, ich esse grün, ich träume grün. Und in der Nacht erscheinen mir grüne Männlein."

„Ach du grüne Neune!" entfuhr es dem Türhüter, und er blickte sich um, vergewisserte sich, dass ihn auch niemand beobachtete. Dann flüsterte er dem Maler ins Ohr: „Eigentlich bin ich nicht befugt, himmlische Geheimnisse preiszugeben. Doch wie ich sehe, handelt es sich bei dir um einen höchst ungewöhnlichen Fall gefährlicher menschlicher Verirrung. Darum will ich dir helfen, weil es meine Pflicht ist." Beinahe freundschaftlich zwinkerte er dem Maler zu und gab ihm einen Wink, ihm zu folgen.

Mit geübtem Griff machte er sich an der Himmelstüre zu schaffen, setzte allerlei Hebel und Knöpfe in Bewegung, sprach geheime Formeln und schob schließlich den großen goldenen Riegel mit einem Ruck zur Seite.

„Siehst du das große Himmelsaquarium? Und die Geschöpfe, die darin herumschwimmen? Alles Verblichene, dem Sternzeichen „Fische" zugehörig, die in ihrem Wesenselement wiedergeboren wurden und im Wasser des Himmels sich in friedlicher Koexistenz üben. Ausnahmsweise will ich dir gestatten, einen Blick durch das Fernrohr auf sie zu werfen. Als Maler wird es dir nicht schwer fallen, den Farbensinn unseres allmächtigen Herrn zu erfassen, der sich im Himmelsgewand dieser wundersamen Lebewesen widerspiegelt. Also knie nieder und versuche zu lernen. Mit wachen Augen ist es auch im Himmel erlaubt, zu stehlen."

Der Maler tat, wie ihm geheißen, schaute und schaute ... Da setzte sich ein Schmetterling auf seine Nase. Hatschi!

Reichlich benommen schlug er die Augen auf und blinzelte in das grelle Licht der Mittagssonne. Als ob er eine weite Reise zurückgelegt hatte, so war ihm zumute. Oben am Himmel zogen schäfchenweiße Wolken vorüber, und wenn man genau hinsah, konnte man schwebende Luftschlösser mit goldenen Eingängen erkennen.

„Luftschlösser?" Der junge Mann sprang mit einem Satz auf die Beine. Hatte ihm der Schlaf doch ganz merkwürdige Bilder vorgegaukelt. Geistesabwesend fuhr er sich durch die zerzausten Haare, bückte sich nach der Schildmütze, die unten im Gras lag. Und da war er wieder, der Schmetterling! Keiner von der gewöhnlichen Sorte. Nein, ein außergewöhnliches Exemplar von exotischer Pracht, wie er es noch nie gesehen hatte.

Der Falter klappte die Flügel weit auseinander, als wollte er sein Gegenüber auffordern, wie in einem Bilderbuch in ihm zu lesen. Und der junge Mann ließ sich nicht lange bitten, kniete nieder und begann, die Seiten zu studieren. Irgendwie kam ihm alles bekannt vor, die Muster, die Farben, der perlmuttfarbene Glanz. Er hätte schwören können, das Ganze schon einmal gesehen zu haben.

Und mit einem Mal war er da, der zündende Funke. So schnell, dass der Künstler wie elektrisiert aufsprang und nach Hause hetzte. In seinem Kopf arbeitete es fieberhaft. Viele kleine Ideen bahnten sich ihren Weg, setzten sich zu einer großen Idee zusammen, der Idee seines Lebens. Denn da war etwas, im hintersten Winkel seines Schrankes. Er hatte es dorthin verbannt, wollte nichts damit zu tun haben, aber jetzt ... Vorwärts! Nur keine Zeit verlieren, bevor der göttlichen Inspiration die Luft ausging.

Wie ein Besessener stürzte sich Nürgebeil in die Arbeit, körperliche Bedürfnisse vergessend, ganz im Rausch der alles beherrschenden Idee. Er malte und malte, konnte den Punkt des Aufhörens nicht finden. Das grüne Licht, es brannte so hell, wie lange nicht mehr.

Und als der Morgen kam und er den Pinsel aus der Hand legte, konnte man seinem Gesicht ablesen, dass er mit sich und der Welt zufrieden war. Jede Menge interessanter Farbflächen schmückten den Raum. Kein Blatt glich dem andern. Und das Besondere an ihnen war, ja das Besondere ... Was war es eigentlich?

Es waren die Glanzlichter, hervorgezaubert aus den Wunderdosen, die aus der Versenkung geholt worden waren. Goldene Tropfen, silberne Perlen, haufenweise rannen sie über das Papier, ein Sammelsurium phantastischer Formen, von Perlmuttschimmer überzogen. Es wimmelte nur so von Augen, Lippen, Sonne, Mond und Sternen und tausenderlei glitzernden Elementen, die dem Auge schmeichelten. Zwiebeltürmchen, Pfauenaugen, Spiralen, Gold, Gold und nochmals Gold ... Zauberei, Offenbarung, eine wahre Wunderwelt.

Und der Künstler mittendrin, fasziniert von sich selbst und dem, was er zu Papier gebracht hatte. Endlich war es ihm gelungen, dem alten, nicht mehr gefragten Grün ein neues Gewand zu geben, einen Hauch von paradiesischer Schönheit zu verleihen. Das „Grün im Grün", nach dem er so lange gesucht hatte, es war das vergoldete Grün, das Aschenputtel in eine Prinzessin verwandelte. Denn nicht das Gewöhnliche ist es, was auf Dauer die Menschen fesselt. Es ist das Besondere, Glanz und Glamour, der Luxus eben, ganz wie im wirklichen Leben.

Caspar David Nürgebeil war wieder „in", seine Bilder gefragt, der Traum von grünen Häusern mit goldenen Akzenten sehr lebendig. Und wenn er durch die Straßen ging, das personifizierte Grün, mit goldenen Ringen, goldgeranderter Brille und einem goldenen Schneidezahn, dann war er ganz der Alte und doch unglaublich neu.

Ganz oben stand er nun, von allen geliebt, von allen verehrt. Doch Kunst für jedermann? Nein, das durfte nicht sein.

Und so kam es, dass er das einzig Wahre und Richtige tat. Er legte die Hände in den Schoß, ließ stattdessen die Preise arbeiten. Ließ sie klettern und klettern in schwindelnde Höhen. Und das war gut so, wollte der Maler ein Malerfürst bleiben. Denn schon der Name war Goldes wert, der Name, der von nun an die wenigen Bilder zierte : AMADEUS GÜLDENGRÜN

PIANISSIMO

Maurizio Brandini war – man konnte es ohne Übertreibung sagen – ein begnadeter Pianist. In allen Konzertsälen der Welt zu Hause, spielte er sich von Erfolg zu Erfolg. Die Medien liebten ihn, das Publikum vergötterte ihn. Ein Stern am Himmel der Tastengenies war er, dessen Licht von Jahr zu Jahr heller leuchtete.

Darüberhinaus war er ein äußerst liebenswürdiger Mensch. Großzügig und großherzig, sich und anderen so ziemlich alle Schwächen verzeihend. Erst recht, wenn es um die Musik ging. Ein verpatzter Einsatz, ein falscher Ton, was machte das schon? Maestro drückte stets ein Auge zu, lächelte nur dazu. Fehler in der Musik gab es nach seinem Bekenntnis nicht. Falsche Töne waren ganz einfach andere Töne und hatten genauso ihre Richtigkeit und Bedeutung.

In einem Punkt jedoch kannte der Künstler absolut keine Gnade. Er hasste, ja er hasste mit der ganzen Inbrunst seines Herzens – ein hustendes Publikum.

War es zu Beginn ein leichter Unmut, der in der Magengegend kurz sich regte, ein schwaches Lüftchen, das schnell wieder verebbte, so wurde schon bald ein Sturm der Entrüstung daraus, der mit aller Gewalt über ihn hereinbrach. Ob er wollte oder nicht, er musste sich ihm fügen. Die Nerven zum Zerreißen gespannt, der Puls auf Hochtouren, kämpfte er sich hoffnungslos improvisierend durch weite Passagen seiner Stücke, schwamm in „Allegros" und „Andantes" und rettete sich nur mühsam ans Ufer. Jedes Mal dem Zusammenbruch nahe.

Überflüssig zu erwähnen, welche Qual ein Konzert unter diesen Umständen bedeutete. Brandini wehrte sich gegen die innere Macht, die sein Tastenspiel zunehmend anderen

Gesetzen gehorchen ließ. Doch er kam nicht dagegen an. Das Problem war stärker. Und je mehr er sich dagegen sträubte, desto schlimmer wurde es.

Freunde, die ihn näher kannten, glaubten den Grund zu kennen. Die Erziehung zum Wunderkind – so hieß es – sei nicht spurlos an ihm vorübergegangen. Ständiges Lampenfieber, Üben bis zur Erschöpfung, erbarmungsloser Druck von allen Seiten, hätten ein nervliches Wrack aus ihm gemacht, bei dem die Folgen des frühkindlichen Drills sich nach Art eines Ventils Luft verschafften. Vater Klavierbauer, Mutter Pianistin, diese Konstellation hatte die Weichen für die Zukunft von Anfang an gestellt. Eine Zukunft, die nur ein Ziel vor Augen hatte, dem musikalischen Genie Tür und Tor zu öffnen, die Vater und Mutter versagt geblieben waren.

Wie schon erwähnt, Maurizio Brandini verabscheute geradezu ein hustendes Publikum. Ein zaghaftes Räuspern, ein verhaltenes Niesen, konnten die Konzentration auf seinen Musikvortrag erheblich beeinträchtigen. Kam es so weit, dass einer der Zuhörer von einem ernsthaften Hustenreiz geplagt wurde, der zu einem Anfall eskalierte, brachte ihn dies derartig aus dem Konzept, dass er wie wild in die Tasten griff und das Publikum mit einem überraschenden Fortissimo verblüffte, wo eigentlich ein Pianissimo vorgeschrieben war. Niemand verübelte es ihm. Im Gegenteil, man war begeistert, reagierte mit Applaus. Die Willkür wurde als Ausdruck künstlerischer Freiheit gedeutet, die zwar bei mehrmaliger Wiederholung im Verlauf des Stückes höchstes Erstaunen hervorrief, jedoch niemals in Frage gestellt wurde.

Das Problem wuchs sich aus. Ernsthafte gesundheitliche Störungen – Schlaflosigkeit, Panikattacken, Herzrhythmusstörungen – um nur einige zu nennen, vor jedem Konzert waren sie an der Tagesordnung. Für den Künstler ein unerträglicher Zustand. Vorkehrungen mussten getroffen werden, um den Launen des Publikums zu begegnen. Ja, es war nur eine logische Konsequenz, die dem Selbstschutz diente, dass Brandini die Orte seiner Gastspiele von nun an persönlich auswählte. Hustenreizarme oder hustenreizreiche Stadt? Das war die Frage. Letztere war vor allem im Norden und Osten Europas anzutreffen, also – wie er annahm – in erkältungsreichen Regionen. Diese mied er wie die Pest. Hier konnte ein Konzert total in die Hose gehen, wenn die Hustengeräusche sich zu einem massiven akkustischen Ablenkungsmanöver auswuchsen. Das Risiko, irgendwann die Beherrschung zu verlieren, war einfach zu groß. Oslo, Helsinki, Stockholm – ein Horror in Zeiten klirrender Kälte. Moskau oder Petersburg bei Frost, nicht daran zu denken. Wenn das Volk beim Wechsel von kalter Außenluft in überhitzte Säle sich wie im Chor die Kehle putzte, war es um seine Nerven geschehen. Nein, derartige Städte waren auf seiner persönlichen Landkarte gestrichen. Nicht kalkulierbar die Gefahr, selbst einer Erkältung zum Opfer zu fallen. Und Hustenreiz während eines Spiels unterdrücken zu müssen, war das schlimmste, was einem Pianisten widerfahren konnte. Einmal hatte er es erlebt. Hustenreiz und Tastenspiel – großer Gott! – schon der Gedanke ließ ihn erschaudern.

Städte wie London, bei denen der Nebel zur Tagesordnung gehörte, hatten auf seinem Terminplan nichts mehr zu suchen. Hier sollte gastieren, wer wollte, er jedenfalls nicht. Moskau im Sommer, schön und gut. Doch im Winter bei Eis und Schnee? O je!

Doch es gab auch Städte, in denen das Musizieren eine Wonne war. Mailand oder Rom, Athen, Palermo, Madrid. In diesen Gefilden war das Publikum durch das milde Klima abgehärtet und von stabiler Gesundheit, wie die Erfahrung lehrte. Es lauschte seinem Vortrag mit einer Andacht, die kein Laut aus rauer Kehle störte. Ganz anders in Hamburg oder Berlin. Kaum hatte er angefangen, schon war es passiert. Nichts ging reibungslos über die Bühne. Spätestens bei der Zugabe hatte er die Quittung. Hustenlaute und Bravorufe, sie verschmolzen zu einem akustischen Getöse, dass er bereits nach wenigen Takten angewidert dem Publikum den Rücken kehrte.

Das Problem nahm an Dramatik zu. War es zunächst nur das Publikum, das Brandini mit Argwohn verfolgte, so waren es schon bald die Komponisten, die er genauer unter die Lupe nahm. Befanden sich Männer darunter, die zur Gruppe der verhassten Zigarrenraucher gehörten, verweigerte er ihnen strikt die Zuwendung. Mit Recht, wie er meinte, denn Raucherhusten erzeugte die abscheulichsten Hustengeräusche, aufdringlich und ordinär, noch dazu selbstverschuldet und durch nichts zu rechtfertigen. Unverzüglich strich er Liszt und Busoni aus seinem Repertoire, Beethoven und Schumann, Puccini und Verdi. Auch Mozart und Schubert kamen auf den Prüfstand, von denen er wusste, dass sie so ziemlich alle Untugenden hatten, die ein Mensch nur haben kann.

Im November stand ein schon seit längerer Zeit anberaumtes Konzert auf dem Terminplan, das in Paris stattfinden sollte. Tag und Nacht plagten ihn Bedenken. Dieser in puncto Erkältungsanfälligkeit hochsensible Monat erschien ihm denkbar ungeeignet für sein Konzert, noch dazu in elner abgasgeschwängerten, von Feinstaub geradezu verpesteten Stadt. Immer mehr neigte er dazu, nicht auftreten zu wollen. Langes Hin und Her, zahlreiche Telefonate, letztendlich siegte die Vernunft. Brandini beugte sich dem Willen der Veranstalter. Ein Künstler müsse seinen vertraglichen Verpflichtungen nachkommen, so hieß es, andernfalls für Schadensersatzleistungen aufkommen. Damit waren die Würfel gefallen. Brandini reiste – trotz böser Vorahnungen – nach Paris.

Der Abend war da. Der Pianist spielte wie ein junger Gott. Als Auftakt ein „Prélude" von Debussy, danach drei „Polonaisen" und ein „Nocturne" von Chopin, und während der kurzen Pause ging bereits ein Aufatmen durch Körper und Geist, denn die Zuhörer verhielten sich so geräuschlos, wie er es selten erlebt hatte. Kein einziges Räuspern, nicht der leiseste Nieser waren zu vernehmen gewesen. Dermaßen ermuntert betrat er wieder das Podium, platzierte sich elegant an seinem Flügel, um den Abend in diesem Sinne fortzusetzen. Die Klänge der „Ungarischen Rhapsodie" von Liszt verzauberten den Saal. Er spielte sie so virtuos, dass die Zuhörer ihn spontan mit Applaus überschütteten. Danach das Stück eines Zeitgenossen, gewagt und nicht jedermanns Sache. Doch auch hier lauschte das Publikum mit dem nötigen Respekt. Der Pianist lächelte charmant, vollkommen entspannt, bevor die Rockschöße seiner Fracks nach oben schwangen und die letzte Phase dieses vielversprechenden Abends einläuteten.

Bereits nach den ersten Tönen passierte es. Erst zaghaft, kaum vernehmbar, dann immer deutlicher, schließlich wie ein herannahender Donner nicht mehr aufzuhalten, nahm das Unglück seinen Lauf. Einer der Zuhörer quälte sich mit einem Hustenanfall, versuchte ihn im Keim zu ersticken, hustete erneut, verschluckte sich, hustete wieder. Nein, es war kein Husten, ein langgezogener Pfeifton war es, der an den Schrei einer Hyäne erinnerte. Möglicherweise die Reste eines Keuchhustens, einer Bronchitis eigentümlicher Qualität. Schwer zu sagen, wie dieser Husten einzuordnen war. Zunehmend verschaffte er sich Gehör, dass die Leute sich empört umdrehten, um den Verursacher dieser Attacke ausfindig zu machen. Der saß mitten im Parkett, unfähig, das Notwendige zu tun. Aufstehen und hinausgehen, es wäre das beste gewesen. Vielleicht hätte es zu diesem Zeitpunkt die Katastrophe noch verhindern zu können. Doch der Mann blieb sitzen, hustete ungeniert, stöhnte, schrie und würgte, als ob es um Leben und Tod ging.

Erste Unmutsrufe wurden laut. „Ruhe! So reißen Sie sich doch zusammen!" waren noch harmlos. Doch es gab auch andere Töne. „Schämen Sie sich! Verlassen Sie den Saal! Raus! Aber schnell!"!

Brandini spielte weiter. Die Zornesröte im Gesicht, ging es ihm durch den Kopf, warum er nicht darauf bestanden hatte, an den Saaltüren oder in den Programmheften den Satz anbringen zu lassen „Husten verboten" oder in der höflicheren Form „Ich huste nicht und wenn das Herz auch bricht." Zu absurd war es ihm erschienen, obwohl er mit dem Gedanken gespielt hatte. Nun schien sich auf fatale Weise zu bestätigen, wie angebracht diese Vorsichtsmaßnahme gewesen wäre.

Zu spät. Als ob die Leute sich gegenseitig anfeuern wollten, fielen noch weitere Personen in dieses Hustenkonzert mit ein, das bereits in krassem Gegensatz zu dem musikalischen Geschehen auf der Bühne stand. Wer als Sieger aus diesem Duell hervorgehen würde, war zu diesem Zeitpunkt nicht absehbar. Doch der Eindruck verstärkte sich, dass die Konkurrenz im Saal die Oberhand gewinnen würde. Es war wie eine ansteckende Krankheit, der ganze obere Rang schien infiziert, hustete mit dem Parkett um die Wette. Auf der Bühne höchst anspruchsvolle Töne, im Saal die niedrigsten der menschlichen Äußerungen. Mit der „Fuge" von Bach ging es immer mehr den Bach hinunter, der Pianist ging in Panik recht willkürlich mit den Noten um. Das Publikum war jedoch schon längst außerstande, den Klängen auf der Bühne Folge zu leisten.

Irgendwann war es bei Brandini aus mit der Beherrschung. Er sprang auf, riss sich Fliege und Frack vom Leib, packte seinen Schemel und hieb mit aller Gewalt auf den Flügel ein, dass die weißen und die schwarzen Tasten vor Schmerz aufheulten. Apokalyptische Töne erfüllten den Raum. Schauerlich klang es, als ob Himmel und Hölle gemeinsam konzertierten.

Brandini keuchte, dass man es bis in die letzten Reihen hören konnte. Ein paar Sekunden hielt er inne, dann holte er zum großen Schlag aus, drosch im Zustand höchster Ekstase auf den Flügel ein und gab erst Ruhe, bis das Instrument, das einmal ein „Steinway" gewesen war, gänzlich verstummte. Ein letzter Aufschrei, und die Reste des Pianistenhockers flogen in hohem Bogen in das verdutzte Publikum. Brandini sank erschöpft zu Boden, wo ihn eine Ohnmacht von der Peinlichkeit der Situation erlöste.

Keine zehn Minuten hatte das Schauspiel gedauert. Mit angehaltenem Atem hatten es die Zuschauer verfolgt. Wie gelähmt stand man da, nicht sicher, ob das Hustenkonzert nicht möglicherweise inszeniert und somit Teil des Programms gewesen war. Lautstarke Empörung, befreiendes Gelächter waren die Folge. Wenig amüsiert verließ man den Saal, um auf offener Straße das Geschehen weiter zu diskutieren.

Wer den Skandal nicht hautnah miterlebt hatte, konnte am nächsten Tag in den Zeitungen darüber lesen. Von kolossaler Blamage war die Rede, vom Ende einer großen Pianistenkarriere, die vom Genie zum Wahnsinn geführt hatte. Maurizio Brandini konnte die Artikel nicht lesen, ohne von Schwermut heimgesucht zu werden. Das Ende seiner Laufbahn schien besiegelt, die Zukunft ungewiss, Konzerte in Rio und New York in weite Ferne gerückt.

Nicht der Konzertsaal, die Nervenheilanstalt wurde für unbestimmte Zeit zu seinem Aufenthaltsort. Eine Klinik in der Schweiz, deren abgeschiedene Lage ideale Bedingungen für eine Genesung bot.

Nur selten wurde ihm gestattet, die geschlossene Abteilung zu verlassen und im Garten einen Spaziergang zu machen, wo das eine oder andere Gespräch mit Patienten der Anstalt zustande kam.

Bei dieser Gelegenheit erfuhr er eines Tages, dass ein neuer Patient mit einer rätselhaften Krankheit eingeliefert worden sei. Es hieß, er hätte eine unüberwindliche Abneigung gegen jede Art von Klavierspiel. Sobald es jemand wagte, auch nur einige Tasten dieses ihm verhassten Instruments anzuschlagen, würde sich bei ihm ein unerträglicher Hustenreiz einstellen, der nur mit Mühe zum Stillstand gebracht werden konnte. Dadurch bedingt, hätte er bereits mindestens zehnmal die Wohnung wechseln müssen. Jedes Mal hätte er das Pech gehabt, in irgendeinem Stockwerk von einem Klavierspieler belästigt zu werden. Vor vier Wochen glaubte er nun endlich, die ideale Wohnung gefunden zu haben. Doch schon kurz darauf hätte sich im Erdgeschoss eine junge Klavierlehrerin einquartiert, die von morgens bis abends nicht nur hobbymäßig, sondern auch noch professionell dem Klavierspiel frönte. Dieser Umstand hätte ihn fast um den Verstand gebracht. Nur noch selten hätte er seine Wohnung aufgesucht, das zwanghafte Hustenmüssen hätte sich zu einer chronischen Erkrankung ausgewachsen.

Der eigentliche Anlass, weshalb er sich in eine Nervenheilanstalt begeben habe, sei jedoch ein anderer. Er fände nämlich diese Klavierlehrerin im großen und ganzen sehr sympathisch, habe sogar im Laufe der kurzen Zeit eine tiefe Zuneigung zu ihr entwickelt. Es bliebe nur die Möglichkeit, sich von seiner Psychose heilen zu lassen, andernfalls könne er es sich aus dem Kopf schlagen, die nähere Bekanntschaft dieser jungen Dame machen zu können.

Maurizio Brandini zeigte große Anteilnahme, handelte es sich bei diesem Krankheitsbild doch haargenau um die umgekehrte Version seines eigenen Leidens. Der Fall interessierte ihn.

Bereits am nächsten Tag versuchte er, mit dem Betroffenen Kontakt aufzunehmen. Er verwickelte ihn in ein harmloses Gespräch, in dessen Verlauf er ihm vorschlug, ihn gelegentlich auf seinem Zimmer zu besuchen.

Am Spätnachmittag klopfte es. Der Patient, erfreut darüber, einen Gesprächspartner gefunden zu haben, war der Einladung gerne gefolgt. Etwas schüchtern stand er im Türrahmen und bat um Erlaubnis, sich eine Zigarette anzünden zu dürfen.

„Aber bitte. Fühlen Sie sich wie zu Hause."

Der große schlanke Mann trat näher. Das schwarzgelockte Haar, der dunkle Teint, alles an ihm ließ auf südländische Herkunft schließen. Seine Augen wirkten sympathisch, wenn auch die große schwarz gefasste Brille ihm nicht besonders zu Gesicht stand. Etwa vierzig Jahre alt mochte er sein, vielleicht auch jünger. Auffallend an ihm die langen, feingliedrigen Finger, die einem Pianisten alle Ehre machen würden.

„Entschuldigen Sie bitte, beinahe hätte ich vergessen, mich Ihnen vorzustellen. Mein Name ist Sebastian Brandt."

„Sehr erfreut. Bitte nehmen Sie Platz."

Und plötzlich durchzuckte es Brandini wie der Blitz. Einen Moment schien er geistesabwesend, fuhr sich kurz durch die Haare. Brandt! Sebastian Brandt. Der Name klang alltäglich, ein Allerweltsname. Wie kam er nur darauf? Allerdings, dieser Verdacht ...

„Würde es Ihnen etwas ausmachen, mir ein wenig aus Ihrer Jugendzeit zu erzählen, Herr Brandt?"

„Aus meiner Jugendzeit? Ach du liebe Güte!" seufzte dieser und zog hastig an seiner Zigarette. „Wissen Sie, meine Jugendzeit ... sie ist eigentlich keine gewesen."

„Dann erzählen Sie erst recht davon. Und Sie wissen ja, es bleibt alles unter uns."

Zunächst stockend, dann immer lebhafter kam er auf seinen älteren Bruder zu sprechen. Sein Verhältnis zu ihm sei nicht ungetrübt gewesen, sagte er, wobei sich seine Stirn in nachdenkliche Falten legte. Diesem Bruder sei ein Talent in die Wiege gelegt worden, um das er ihn zeit seines Lebens beneidet hatte. Er habe die einmalige Gabe besessen, jedes Instrument auf Anhieb zu beherrschen. Er dagegen sei – sehr zum Leidwesen der Eltern – nur durchschnittlich musikalisch gewesen. Während der Bruder innerhalb kurzer Zeit das Klavierspiel mühelos erlernt hatte, wäre er mit ständiger Unlust am Üben bereits an den einfachsten Melodien gescheitert. Leider hätten es sich die Eltern in den Kopf gesetzt, auch aus ihm ein Wunderkind zu machen, und der Protest, den er ihnen entgegengebracht hatte, hätte nur zu stärkerem Druck geführt. Innerlich sträubte er sich gegen das Klavierspiel, es war ihm in der Seele zuwider. Vor allem die Virtuosität des Bruders, die ihm ständig als leuchtendes Beispiel gepriesen wurde. Immer mehr weckte sie in ihm das Verlangen, dieses stundenlange Klavierspiel, wenn er es schon nicht verhindern konnte, zumindest durch laute Nebengeräusche zu stören. Am geeignetsten erschien ihm ein gekonnt einstudierter Hustenanfall, der den Bruder tatsächlich jedes Mal bis zur Weißglut trieb, dass er nach kurzer Zeit den Klavierdeckel zuwarf. Irgendwann war das Ziel erreicht. Der Bruder gab vor, seine Finger nicht mehr bewegen zu können, keine Lust am Üben mehr zu haben und das Klavierspiel ein- für allemal beenden zu wollen. Leider hätten die Eltern auf Anhieb die Zusammenhänge durchschaut. Ärzte bestätigten ihnen, dass es sich bei dieser Trotzreaktion um eine Nervenstörung handelte, die nur durch eine räumliche Trennung der beiden Brüder behoben werden konnte. Der Bruder wurde zu einem Onkel nach Mailand geschickt, der die Ausbildung zum Pianisten in die Hand nehmen sollte. Er selbst kam in ein Internat. Lange Zeit wollte er von Musik nichts mehr wissen. Erst als Erwachsener hätte er sie wieder neu entdeckt und sogar das Geigenspiel erlernt, allerdings ohne über das Mittelmaß hinauszukommen. Immerhin hätten seine Fähigkeiten ausgereicht, sich seinen Lebensunterhalt als Geigenlehrer zu verdienen. Von seinem Bruder hätte er nie mehr etwas gehört. Angeblich sei er vor einigen Jahren bei einem Schiffsunglück ums Leben gekommen.

Maurizio Brandini war sichtlich gerührt von dieser Lebensbeichte. Sein anfänglicher Verdacht, immer mehr schien er sich zu bestätigen. In einem Punkt allerdings musste er sich noch Klarheit verschaffen.

„Würden Sie mir erlauben, einen Blick hinter ihr rechtes Ohrläppchen zu werfen?" fragte er mit schelmischem Augenzwinkern.

Sebastian Brandt legte seine Zigarette aus der Hand, der Pianist trat näher. Was er sah, bestätigte seine Vermutungen. Der kleine Leberfleck! Er war im Laufe der Jahre größer geworden, befand sich aber noch an derselben Stelle, wo die Natur ihn angesiedelt hatte. Die abstehenden Ohren, nein, es gab nicht den geringsten Zweifel ...

„Was würden Sie sagen, wenn Sie wüssten, dass Sie Ihrem Bruder gegenübersäßen?"

„Meinem Bruder? Aber Signor Brandini, eine absurde Idee, mein Bruder ist tot, seit über zehn Jahren."

„Aber nein, er ist lebendig, aus Fleisch und Blut, und er steht vor dir, so nahe wie schon lange nicht mehr."

Sebastian sagte nichts, zog hastig an seiner Zigarette.

„Ja, mein lieber Sebastian, wir müssen uns wohl mit dem Gedanken vertraut machen, dass diese Klinik nach vielen Jahren zum Ort unserer Wiedervereinigung geworden ist. Freuen wir uns über diese Fügung des Schicksals. Aber nun ist es an mir, mich einmal vorzustellen. Zu diesem Zweck holte er ein Foto aus der Westentasche und legte es auf den Tisch. „Moritz und Sebastian Brandt, Weihnachten 1964. Der linke bin ich."

Die beiden Männer fielen sich um den Hals und waren glücklich, sich wiedergefunden zu haben. Wenn man genau hinsah, konnte man eine Träne in den Augenwinkeln leuchten sehen. Eine Freudenträne, wie man sie im Leben nicht oft geschenkt bekommt.

Auch Maurizio hatte nach Jahren der Trennung seinen Bruder gesucht. Nach der Scheidung der Eltern vor über zwanzig Jahren und dem Selbstmord der Mutter kurz darauf, hatten die Familienbande aufgehört zu existieren. Der Tod des Vaters vor zwölf Jahren setzte einen endgültigen Schlussstrich. Von seinem Bruder wusste er nur so viel, dass er sich nach Südamerika begeben hatte, um dort eine neue Existenz aufzubauen. Alle Nachforschungen waren jedoch ergebnislos geblieben.

Der Zusammenhang zwischen Krankheit und Ursache war geklärt, eine weitere Behandlung beider Patienten überflüssig geworden. Maurizio beabsichtigte, seinem Leben eine neue Wendung zu geben. Im Grunde genommen hasste er volle Terminkalender, und das Lampenfieber, das einen Künstler vor jedem Auftritt befällt, hatte er nie so ganz ablegen können. Aus diesem Grund beschloss er, den Konzertsälen von nun an adieu zu sagen, um sich anderen beruflichen Aufgaben zu widmen. Er nahm seinen ursprünglichen Namen wieder an und erwarb sich innerhalb kurzer Zeit einen Ruf als Hochschullehrer, der begabte Schüler auf die Pianistenkarriere vorbereitete. Bei einem Besuch im Hause seines Bruders lernte er die hübsche Klavierlehrerin kennen, verliebte sich in sie und – heiratete sie.

Für Sebastian ein schwerer Schock. Wie ein Kloß saß er ihm in der Kehle, wochenlang, ließ die alten, längst überwunden geglaubten Symptome wieder aufleben ... bis Helena in sein Leben trat, eine junge Italienerin, bildhübsch, charmant und mit Leidenschaft - Cellistin.

DER BASTA-MINISTER

Es war einmal ein Theatermann. Und ein Minister. Beide waren sich noch nicht begegnet. Und ob sie sich je begegnen würden, das wusste niemand. Der Theatermann interessierte sich nicht für Politik, der Minister nicht für das Theater. Er hatte andere Sorgen, vor allem keine Zeit. Meist war er unterwegs, von einem Termin zum andern. Das war anstrengend und – Theater genug.

Früher – zwanzig Jahre war es her – da wollte er selbst Theatermann werden. Auf der Bühne stehen, große Rollen spielen. „Hamlet", „Romeo", den Boss aus Schillers „Räubern". Ein Draufgänger, ein Schurke wollte er sein, der dem Publikum das Fürchten lehrte. Aber leider, es hatte nicht geklappt. Der Sprung zu den Brettern, die die Welt bedeuten, war ein Traum geblieben. Und so kam es, dass er die Rollen spielte, die das Leben für ihn schrieb. Mal war er Straßenkämpfer, dann Hausbesetzer, später Revoluzzer ... Ja genau! Ein Rebell ist er gewesen. Dafür hat er später viel Lob geerntet. Auch Tadel. Aber eigentlich mehr Lob als Tadel.

Es kam der Tag, da hatte er diese Rollen satt. Etwas Neues wollte er machen. Etwas Besseres. Was lag näher als die Politik? Kluge Köpfe wurden dort gebraucht. Und Theater spielen? Das konnte er auch.

Die Rolle war ihm auf den Leib geschrieben. Den stattlichen, 120 Kilogramm schweren Leib. Der wurde dick und dicker. Das Essen schmeckte gut, auch der Wein. Und der Minister aß für sein Leben gern. Pasta, Pasta, immer wieder Pasta ... Bald hieß er nur noch der „Pasta-Minister".

Den Dicken kümmerte es nicht. Sollten die Leute spotten, soviel sie wollten. Er war Minister. Basta! Energisch ballte er die Finger zur Faust, so wie er es von anderen Ministern gesehen hatte, sodass sich manch einer schon vor ihm fürchtete.

Auch der Minister fürchtete sich. Am meisten – vor sich selbst. In der Nacht erschienen ihm grüne Männlein. Die hielten den Spiegel vor den kugelrunden Leib und lachten ihn aus. Einer setzte die Pistole auf seine Brust und sagte: „Bald ist es aus mit dir, du Fettwanst. Dein Nachfolger steht schon bereit. Basta!"

Den Minister erfasste das nackte Grausen. Er wollte bleiben, was er war. Denn was gab es Schöneres als „Minister"? Also nahm er sich einen Berater und überlegte mit ihm, was zu tun sei.

„Wer leben will, muss laufen", sagte der Berater. „Und wer läuft, der kann auch Minister bleiben. Verstanden?"

Nicht ganz. Der Minister runzelte die Stirn. Ein Läufer war er nie gewesen. Drei Schritte hin, drei Schritte her. Keinen Schritt mehr war er gelaufen. Wozu hatte er einen Chauffeur? Jetzt sollte er laufen bis zum „geht nicht mehr"? Das war ihm eigentlich zu schwer.

„Wo ein Wille ist, ist auch ein Weg", sagte der Berater und machte ein strenges Gesicht. Und klug, wie er war, fügte er hinzu: „Wer zu spät kommt, den bestraft das Leben. Weißt du das nicht?" Nein, das wusste der Minister nicht. Auch die dritte Weisheit war ihm neu. Der Berater sprach sie aus mit ernstem Blick: „Nix Pasta! Aqua Minerale! Basta!"

Da gab sich der Minister geschlagen. Noch am selben Tag schnallte er die Turnschuhe an die Füße und trampelte los. Um drei Ecken herum und nochmals herum und nochmals herum ... Wie ein Dampfross kam er daher, Schweißperlen auf der Stirn, Mütze schräg im Gesicht. Denn sehen sollte man ihn nicht.

Es ging voran. Von Tag zu Tag. Von Woche zu Woche. Bald konnte der Minister das Laufen nicht mehr lassen. Aus einer Stunde wurden zwei, aus zwei wurden drei. Und siehe da! Die Pfunde, sie purzelten und purzelten. Dreimal hinschauen musste man, um den Minister zu sehen. So dünn war er geworden. Dünn wie eine Bohnenstange.

„Sensationell", sagten die Leute. „Einfach phantastisch". Für sie war er ein Vorbild, ein Musterbeispiel an Disziplin. Einer, der sich von Kopf bis Fuß neu erschaffen hatte. Man vergaß, wer er war, was er geleistet hatte. Aber es wäre ohnehin nichts gewesen. Nur sein Körper war gefragt. Sonst nichts.

Auch der Minister mochte sich wieder leiden. Die grünen Männlein hielten ihm den Spiegel vor den Waschbrettbauch und fragten: „Na? Wer ist der Schönste im ganzen Land?" Und der Minister kicherte: „I-hi-hiiiiiich. Basta-ha-haaaa!"

Glücklich war er, enorm glücklich. Denn – wie vielleicht nicht jeder weiß, laufen macht glücklich. Überglücklich. Man sah es dem Minister an. Die Mundwinkel hingen nicht mehr nach unten, die Augen blitzten lustig in die Welt. Und das war gut so. Ein fröhlicher Minister ist besser als ein trauriger. Denn Fröhlichkeit steckt an. Alle Leute um ihn herum waren plötzlich auch fröhlich. Sie scherzten und lachten, und die Arbeit ging ihnen leicht von der Hand.

Der Minister wollte sein Glück nicht für sich behalten. Die Menschen, die ihn von Herzen liebten, sollten auch glücklich werden. Darum schrieb er seine Geschichte auf. Die Geschichte vom Revoluzzer zum Läufer. Auch von Politik erzählte er. Aber nur wenig. Die Leute wollten es nicht unbedingt wissen.

Das Buch vom Laufen wurde ein Renner. Es ging weg wie die warmen Semmeln. Hunderttausendfach! „Der weite Weg zu mir selbst". Jeder wollte ihn lesen. Denn Laufen war „in", alle Menschen wollten laufen. So wie der Pasta-Minister. Mittlerweile kannte ihn auch der Dümmste im Lande. Sein Bild prägte sich ein, im Fernsehen war er fast täglich zu sehen. Er war in aller Munde. Denn mit einer guten Figur hat der Mensch schon halb gewonnen.

Der Theatermann wusste es längst. Doch wie es im Leben so ist, der Geist ist willig, das Fleisch ist schwach. Und auch der Theatermann aß für sein Leben gern. Aus Freude, wenn ein Stück erfolgreich war. Aus Frust, wenn es ausgebuht wurde. Und es gab viele Stücke. Nur wenige fanden Gnade vor dem erbarmungslosen Publikum. Und der Theatermann wurde dick und dicker.

Eines Tages fiel ihm das Buch in die Hände. Nicht gerade das, was er zu lesen pflegte. Er blätterte kurz durch. Und wusste Bescheid. „Wer leben will, muss laufen". Eigentlich nichts Neues. Es sagte ihm der Verstand. Er brauchte auch keinen Berater. Er wusste selbst, was zu tun war. Jetzt oder nie! Was ein Minister konnte, konnte ein Theatermann auch.

Am nächsten Tag fing er an zu laufen. Um das Theater herum, und nochmals herum, und nochmals herum ... Turnschuhe an den Füßen, Schlägermütze tief im Gesicht. Denn sehen sollte man ihn nicht.

Jeden Tag, vier Wochen ging das so. Der Theatermann lief sich die Beine aus dem Bauch, die Füße wund. Er lief und lief, um das Theater herum, und nochmals herum ... Doch verflixt! Es wurde kein Gramm weniger. Jeden Morgen, wenn er auf die Waage starrte, packte ihn die Wut. Der Theatermann raufte sich die Haare und war nahe daran, zu kapitulieren.

Was hatte er bloß falsch gemacht? Er war doch ein Mensch. So wie der Minister. Aus demselben Holz geschnitzt. Oder nicht? War denn ein Minister so viel anders als er? Warum war er ein neuer geworden und er – verdammt nochmal! – der alte geblieben?

Der Theatermann ging in sich, grübelte und grübelte und fand schon bald des Rätsels Lösung. Wie Schuppen fiel es ihm von den Augen. „Jetzt weiß ich, woran es liegt", sprach er zu sich. „Ich bin ein Theatermann. Alle in meiner Familie sind Theaterleute gewesen. Mein Vater, mein Großvater, meine gesamten Vorfahren. Genau hier liegt das Problem. Fünfzig Jahre bin ich nun alt. Und was habe ich gemacht? Immer ein und dasselbe. Theater und nochmals Theater. Gutes Theater. Anständiges Theater. Stinknormal, schon wegen der Moral. Das war ein Fehler. Mein Geist ist faul geworden, mein Körper träge. Kein einziges Mal bin ich aus der Rolle gefallen. Nicht, dass ich wüsste. Also, was bleibt zu tun? Ich muss mich verwandeln. Neu erfinden! So wie der Minister. Durch meinen Körper muss ein Ruck gehen. Einer, der Geist und Seele neu beflügelt. Ja genau! Nichts wird mehr so sein können, wie es war. Das Publikum, das undankbare, es soll mich kennenlernen.

Und so kam es, dass aus dem Theatermann ein Revoluzzer wurde. Nein, nicht im wirklichen Leben. Auf der Bühne! Dort, wo Abend für Abend das Leben stattfand. Knallhart ging es von nun an dort zu. „Das Grausen im Walde", der „Hammer des Schreckens", es waren die Renner der Saison. Und das Publikum bedankte sich mit tosendem Applaus, auch mit Eiern und Tomaten.

Alles lief wie von selbst. So wie der Theatermann. Jeden Abend, wenn die Vorstellung zu Ende war, sauste er um das Theater herum, und nochmals herum, und nochmals herum ... Wie der geölte Blitz. Nach drei Monaten wog er nur mehr fünfzig Kilo. „Ich bin ein neuer Mensch geworden", freute er sich und strich sich über den knochigen Körper. „Steinig ist er gewesen, der Weg zu mir selbst, doch nicht umsonst. Denn wie heißt es doch so schön? Wer zu spät kommt, den bestraft das Leben."

Ein ganzes Jahr lang freute sich der Theatermann. Morgens, wenn er aufstand. Und am Abend, wenn er zu Bett ging. Vor allem aber, wenn er den Minister sah. Nein, nicht im Theater. Dafür hatte der Minister keine Zeit. Auf dem Bildschirm. Dort erschien er fast täglich.

Doch keine Freude währet ewig. Zu schön wäre sie, die ewig ungetrübte Freude. Und so kam auch für den Theatermann der Tag, an dem die Freude einen Knick bekam.

Acht Wochen war er mit dem „Hammer des Schreckens" auf Tournee gewesen. Acht lange Wochen, in denen er den Minister kein einziges Mal zu Gesicht bekommen hatte. An einem Freitag war es schließlich, als er ihm erneut begegnete. Nein, nicht im Theater. Auf dem Bildschirm, um Viertel nach Acht.

Doch was war los? Der Minister war nicht mehr derselbe. Zwar der alte, doch kaum mehr der neue. Er hatte sich verwandelt. Schlicht und einfach verwandelt. Nicht in einen anderen, einen funkelnagelneuen. Nein, ganz im Gegenteil. Er hatte sich verwandelt ... großer Gott ...in ein Wesen, ein schrecklich dickes Wesen, das er früher einmal ... gewesen!

Der Theatermann konnte es nicht fassen. „Verräter!" war das erste, was ihm dazu einfiel. Wie ein Geschoss kam das Wort über seine Lippen. Immer und immer wieder stammelte er es vor sich hin, die Hände zur Faust geballt. Wie konnte der Minister ihm so etwas antun? Ihm und den Menschen, die ihn liebten, wie einen Heiligen verehrten? Wie konnte er ihnen einen solchen Schock zufügen?

Wie vom Schlag gerührt sank er in seinen Sessel. O dieser Minister! Dieses Schlitzohr! Einen Spaß hatte er sich gemacht, ihn und Hunderttausende zum Narren gehalten. Nein, er hatte es nicht gut mit ihnen gemeint. Die Ratschläge, die wohlmeinenden, sie kamen nicht aus einem großen Herzen. Aus einem wachen Verstand kamen sie, einem eiskalt berechnenden Verstand. Das große Geschäft wollte er machen, der Herr Minister, eine schöne Stange Geld verdienen. Es war ein Skandal.

Der Theatermann zündete sich eine Zigarre an, paffte nervös vor sich hin. Zehn Minuten, zwölf Minuten. Dann wusste er, was zu tun war. Er sprang auf, holte das Buch. Zur Sache wollte er kommen. „Jetzt wird abgerechnet, Herr Minister! Das Spiel ist aus."

In Siegerpose schwang er das Werk. O diese Verlogenheit! Dieses heuchlerische Geschwätz! 399 Seiten! Alles Lug und Trug! Schon tanzte der Glimmstängel darauf herum, bohrte sich hinein, fraß sich mehr und mehr durch das Dünndruckpapier.

„Aus und vorbei! Verdammte Schmiererei!" schrie der Theatermann und geriet immer mehr in Raserei. Zehn Finger machten sich gierig über die Seiten her. „Na, Minister, willst du noch mehr?" Schon knallte das Buch gegen die Wand, der Theatermann außer Rand und Band. Fünfzig Kilo trampelten darauf herum, immer wieder, auf und nieder. „Lügner! Betrüger! Verdammter Schmierer!" Einen Moment hielt er inne. Dann riss er mit der rechten Hand den Hemdkragen auf, mit der linken das Fenster. Ein Blick hinaus. Dunkel war es, stockdunkel. Umso besser. Die Dunkelheit gab keine Geheimnisse preis.

Es folgte der Tragödie letzter Akt. Man hörte nur einen Schrei, einen ekstatischen Schrei, dann flog das Buch in hohem Bogen aus dem dritten Stock des Theatergebäudes hinaus. Nur der Mond war Zeuge, als es mitten in einen See klatschte. Den kleinen, lieblichen Theatersee. Sanfte Wellen malten ihre Kreise, trieben das Buch vor sich her, und einen Augenblick lang schien es, als könnte es sich erfolgreich ans Ufer retten. Doch der Himmel war davor.

Ein Rudel Enten, zwölf bis fünfzehn an der Zahl, schwamm herbei. Gierig stürzten sich die Vögel auf das Werk, rissen es hin, zogen es her, hackten mit ihren Schnäbeln darauf ein, als ginge es darum, einen Leckerbissen zu verteilen. „Bravo!" rief der Theatermann, wie um das Federvieh anzufeuern. Die Enten ließen sich nicht lange bitten, schnatterten um die Wette und gaben erst Ruhe, als sie das Buch vollkommen auseinandergenommen hatten. Einige Blätter trieben noch eine Zeitlang an der Oberfläche, bis sie vom Dunkel des Wassers verschluckt wurden.

Der rote Buchdeckel wollte den Gesetzen nicht folgen. Unversehrt trieb er am Rande des Theatersees dahin. Da schwamm ein Schwan daher, den Hals stolz nach oben gestreckt, in majestätischer Pose. Ruckartig schnellte das Haupt nach vorn und schnappte sich die rote Beute. Triumphierend hielt sie der Schwan im Schnabel, kostete und wand sich mit Grausen ab. Nein, sie entsprach nicht seinem Geschmack. Verächtlich spuckte er sie aus und zog von dannen.

„Wer zu spät kommt, den bestraft das Leben", dachte der Theatermann und schloss das Fenster.

Von diesem Tag an hörte er auf mit dem Laufen. Dem Laufen um des Laufens willen. Er hatte es einfach satt. Außerdem gab es einen triftigen Grund. Aus dem Theatermann sollte ein Minister werden. Ein Kulturminister. Der hatte für das Laufen keine Zeit. Nur manchmal, wenn er in Stimmung war, lief er um den See. Einmal, und noch einmal. So viel wie nötig. Freilich, ein wenig zugenommen hat er auch. Dafür war er weniger rebellisch und bei allen sehr beliebt.

Und wenn er nicht gestorben ist ...

UNTER PALMEN

Große Ereignisse werfen ihre Schatten voraus. Alte Feldherrenweisheit.

Unwillkürlich musste Karl an diesen Satz denken, als er nach unruhiger Nacht die Augen aufschlug. Durch die Ritzen der Fensterläden drangen erste Sonnenstrahlen und warfen bizarre Zeichen und Linien an die gegenüberliegende Wand des Bettes. Rätselhafte Gebilde, die sich immer wieder neu formierten. Vielleicht ein gutes Omen? Ein Hinweis auf das Ereignis des Tages? Bislang noch im Zustand der Schwebe, wohlgeplant, doch unberechenbar, stand es kurz davor, Gestalt anzunehmen.

Karl lauschte den Geräuschen aus dem Nebenzimmer, in dem seit geraumer Zeit zwei Füße sich geschäftig hin und her bewegten. Eine Weile räkelte der sich noch in den Federn, dann sprang er mit ungewohntem Schwung aus dem Bett und rief seiner besseren Hälfte zu: „Hallo Schatz! Der Count-Down läuft!"

Endlich! Der Tag war da, der heißersehnte, auf den man so lange hingearbeitet hatte. Den man herbeigewünscht hatte wie sonst nichts auf der Welt. Samstag, 13. Juli, ein Glückstag. Von nun an würde alles anders werden, besser werden. Das Leben, die Zeit, das eigene Ich. Mensch wollte man sein, von morgens bis abends nur Mensch, frei von Zwängen die Seele baumeln lassen. Einfach mal loslassen, raus aus dem Trott, Spaß, Erholung, die pure Lust, ach, wer weiß, was sonst noch alles ...

„Urlaub", dachte Karl laut vor sich hin und bewegte das Wort im Mund, als wollte er es auf der Zunge zergehen lassen, „ist ... wie Geburtstag und Weihnachten zusammen ... der reine Wahnsinn."

„Irrtum", kam es aus dem Nebenzimmer, „Weihnachten kommt automatisch, Geburtstag auch, Urlaub nicht."

Die selbstverständlichste Sache der Welt, die bei anderen in schönster Regelmäßigkeit mindestens einmal im Jahr stattfand, für Lotte und Karl war sie ein Stern, der weit hinten am Horizont leuchtete. Immer und immer wieder hatten sie nach ihm gegriffen, doch das Häuschen, die Schulden, das neue Auto ... Alles wollte bezahlt werden. Und so kam es, dass der Stern von Jahr zu Jahr in weitere Ferne gerückt war.

„Wenn sich einer Urlaub verdient hat, dann wir", sagte Lotte, während sie mit Leidenschaft die Kissen aufschüttelte, als würde sie bedauern, nun zwei Wochen auf dieses Vergnügen verzichten zu müssen. „Seit drei Stunden bin ich auf den Beinen und weiß nicht mehr, wo mir der Kopf steht. Schuften bis zur letzten Minute, so geht das. Ohne Schweiß kein Preis. Oder denkst du, Urlaub vom Dauerurlaub schafft dieses Gefühl, das unbeschreibliche? Niemals. Urlaub muss man sich erarbeiten. Sich erlauben können! Sagt doch schon der Name: Ur-laub. Und das hat, mit Verlaub, nichts mit Laubfall zu tun."

Im Bewusstsein, etwas Bedeutendes gesagt zu haben, fing sie an, den Staubsauger in Bewegung zu setzen. „Na los, Karl, beweg dich auch! Oder hast du nichts mehr zu tun?"

Der Krach des Uralt-Staubsaugers ließ Karl an etwas Wichtiges denken. Ohrstöpsel! Falls es im Urlaub mal zu laut werden sollte. Und das Transistorradio. Schließlich wollte man auf dem laufenden bleiben. Nicht zu vergessen den Mini-Fernseher. Ob er am anderen Ende der Welt funktionierte?

Lotte beseitigte die letzten Fliegenbeine vom Fensterbrett und begab sich ins Bad, um die Schönheitsutensilien zusammenzupacken. Sonnenschutzlotion, Nagellack, Make-up. Konnte diesmal ruhig etwas dunkler sein. Wenn man zurück kam, wollte man Eindruck machen. Gebräunter Teint war ein Teil des Urlaubs.

„Du kannst dir nicht vorstellen, wie ich mich auf den Urlaub freue", sagte Lotte. „Jetzt, wo es gleich losgeht, fühl' ich mich so leicht und beschwingt wie noch nie. Alles fällt von mir ab, ganz von selbst." Gedankenversunken band sie sich die Schürze noch etwas fester um die stramme Taille. Wo war nur die gestreifte Kulturtasche? Im Waschbecken unter dem tropfenden Wasserhahn! Nicht zu fassen! Und die Lockenwickler und das Reise-Necessaire? Sie hätte schwören können, die Sachen hineingegeben zu haben. Ganz durcheinander konnte man geraten, wenn einem so vieles durch den Kopf ging. „Mein Gott, Karl! Ständig hab' ich unser Ziel vor Augen. Geht es dir auch so? Andere verreisen ins Blaue, wissen nicht, was sie am Abend erwartet. Die Ärmsten!"

Karl hüstelte verlegen. Ja, ja, das Ziel. Nicht, dass es einfach gewesen wäre, eines zu finden. Die ganze Welt war voll davon. Meer und Strand, Stadt und Land, Berg und Tal. Ach, du lieber Himmel! Sollte ja Leute geben, die mit dem Finger auf dem Globus herumspazierten und im Nu eines hatten. Professionelle Zielsammler, bei denen der Erdball mit Zielpunkten nur so gespickt war. Nicht so bei ihnen. Ganze vier Wochen hatten sie gebraucht, Ziele gefunden, dann wieder verworfen, diskutiert und diskutiert, bis endlich, wie Phoenix aus der Asche, das Ziel ans Licht trat, an dem sich nicht mehr die Geister schieden.

In Zukunft würde keiner mehr ein mitleidiges Auge auf sie werfen, wenn im eigenen Garten die Liegestühle aufgestellt wurden. „Wäre doch schön, auch mal zu verreisen, heraus aus den vier Wänden, Tapetenwechsel, oder etwa nicht?" Die Frage der Fragen, hämisch über den Gartenzaun gesprochen. Man konnte sie nicht mehr hören. Nur, wenn man sie mit einem „ja", bestenfalls einem „vielleicht" beantworten konnte, hatte man als Mensch eine Chance.

Karl spürte den Stachel, der tief in ihm saß, wenn er an diese Zeit zurückdachte. „Sich auf den Urlaub zu freuen, ist keine Kunst", sagte er. „Aber die Zeit danach, wenn wir wieder zu Hause sind ... o la la! Da werd' ich mal so richtig auf die Pauke hauen. Na, du weißt schon, was ich meine."

Lotte nickte. „Bescheidenheit ist eine Zier, doch weiter kommt man ohne ihr. Schließlich wirst du als Mensch daran gemessen, welche Art von Urlaub du machst. Was du dafür ausgibst. Auch wenn du dir so gut wie nichts leisten kannst. Schau dir die vielen Menschen auf den Autobahnen an, den Flughäfen, Kreuzfahrtschiffen und so weiter. Glaubst du im Ernst, dass die sich alle diese Reisen leisten können?"

„Man müsste sie fragen", sagte Karl und begann sich die Fingernägel zu schneiden. „Aber es führt zu nichts. Wer würde es schon zugeben? Urlauber, Nichturlauber, so ist die Menschheit eingeteilt. Und wer will schon zu letzterer Gruppe gehören? Zu den Menschen zweiter Klasse? Die zu Hause die Liegestühle aufstellen? Du wirst schief angeschaut, wenn du keinen Urlaub machst. Auch wenn du ihn dir zehnmal leisten könntest. Aber wenn du ihn dir nicht leisten kannst und ihn trotzdem machst, kommst du groß heraus. Oder meinst du, dass es auf der Welt noch sehr viele Menschen gibt, die so gut wie keinen Urlaub machen? Mal ganz abgesehen von denen, die sowieso in Urlaubsländern wohnen, Afrikaner, Inder, Chinesen ...

„Österreicher, Schweizer, Italiener", fügte Lotte hinzu und fing an, Staub von der Kommode zu wischen. Wenn sie in zwei Wochen zurückkamen, würde noch mehr darauf liegen. So weit wollte sie es nicht kommen lassen. Und die vielen Spinnweben! Wie würde die Kommode aussehen, wenn sie aus irgendeinem Grund den Urlaub verlängern mussten?

„Gleich bin ich fertig", sagte Lotte und brachte mit einem Kamm die Teppichfransen in Form. „Mann, ist das ein Gefühl, endlich dazuzugehören. Kein Aussätziger mehr zu sein. Auch mal von Traumstränden schwärmen zu können. Anstatt immer nur zuzuhören und den Kloß im Hals hinunterzuwürgen. Mindestens zweimal wär' ich fast daran erstickt."

„Tatsächlich? Hab' ich gar nicht bemerkt", sagte Karl und warf einen Blick in den Spiegel. Großer Gott! Er war urlaubsreif. Fahle, welke Haut, Ringe unter den Augen, Tränensäcke. Aber keine Sorge, im Urlaub würde sich das ändern. Er könnte sich einen Bart wachsen lassen, sich ganz neu erfinden. George Clooney, braungebrannt und mit Bart. Das würde Eindruck machen.

„Vergiss die Höhensonne nicht!" rief ihm Lotte zu.

„Ist schon an Ort und Stelle."

Langsam kam Urlaubsfreude auf. „Urlaub, Urlaub ...", murmelte Karl vor sich hin. „Wie ist eigentlich der Plural von Urlaub? Urläube?"

„Keine Ahnung. Aber egal. Warum fragst du?"

„Na ja, nur so. Das heißt, ich befürchte, nein, eigentlich bin ich davon überzeugt, einmal Urlaub, immer Urlaub. Oder glaubst du, meine Liebe, dass man nach einem Urlaub wieder jahrelang darauf verzichten kann? Es ist wie mit allen schönen Dingen. Man kann nicht mehr darauf verzichten. Suchtgefahr, verstehst du?"

„Schon möglich, wir werden ja sehen", sagte Lotte und wischte wieder Staub von der Kommode. „Du kannst inzwischen die Rollläden herunterlassen. Aber gib Acht, die im Wohnzimmer sind defekt. Eigentlich hätten sie längst repariert werden müssen."

„Nach dem Urlaub", sagte Karl. „Alles danach."

Die Koffer waren seit Tagen gepackt. Vollgestopft standen sie neben dem Garderobenständer im Flur und schienen aus allen Nähten zu platzen. Dank einer Liste, auf der alles notiert war, was man im Urlaub dabei haben wollte, fehlte so gut wie nichts. Badezeug, Flip-Flop-Sandalen, Blutdrucktabletten, Strickzeug, Kartenspiel, Reiseliteratur, die neuen Shorts vom Schlussverkauf ... Bequem wollte man es haben, auf nichts verzichten müssen. Denn, war man erst mal weg, gab es kein Zurück. Man konnte nicht so einfach umdrehen und die Taschenlampe holen. Alles musste vorher bedacht werden. Das Planen und Organisieren, das Packen und Sortieren, es war ein Teil des Urlaubs.

„Ach je, fast hätte ich vergessen, den Gummibaum zu gießen", sagte Lotte und schüttelte über sich selbst den Kopf. „Aber so ist das mit dem Urlaub. Das Normale wird zur Nebensache, und das nicht Normale drängt sich in den Vordergrund und will behandelt werden wie das ganz Normale." Die vielen Tage, Stunden, Wochen, die sie mit der Urlaubsplanung zugebracht hatte, sie hatte sie nicht gezählt. Zeit, die man sich woanders stehlen musste. Sogar das Rasenmähen hatte sie letzte Woche vergessen, die eigenen vier Wände vernachlässigt, den Friseurbesuch abgesagt, die Kinder versäumt anzurufen.

Später, wenn sie am Ziel waren, wollten sie die Zeit wieder hereinholen. Dann hatten sie Zeit im Überfluss. Ganze vierzehn Tage. Sie konnten tun und lassen, was sie wollten. Die Reiseliteratur studieren, die Socken zu Ende stricken, die vielen angefangenen Kreuzworträtsel lösen, telefonieren und die Gegend genießen. So gut es eben ging ...

„Du bist zu beneiden", sagte Karl zu Lotte. „Du hast nie Langeweile. Und wenn du immerzu Staub von den Kommoden wischst. Im Hotel, über oder unter Deck, meine ich. Wie soll ich mir dagegen die Zeit vertreiben? Seit Tagen zerbreche ich mir den Kopf darüber, dass mir der Schädel brummt. Ich glaube, so etwas nennt man Reisefieber. Nie habe ich mir darunter etwas vorstellen können. Ganz schön mulmiges Gefühl."

„Aber nicht lebensgefährlich", sagte Lotte und kehrte die letzten Krümel vom Teppichboden zusammen. „Keine Angst, ich kenne niemanden, der daran gestorben ist. Und überhaupt – wir sind ja nicht aus der Welt."

„Wenn du dich da bloß nicht täuschst", sagte Karl und verzog sein Gesicht zu einer Grimasse. „Ach, du liebe Güte! Zehn vor zehn! Und wir stehen immer noch herum und reden unnötiges Zeug. Leg' den Staubwedel aus der Hand, Lotte! Es geht los! Machen wir es kurz und schmerzlos!"

„Zu Befehl, Herr General! Zwei Minuten noch, letzter Kontrollgang. Ach was, den schenken wir uns. Man kann es auch übertreiben."

Die Schildmütze auf dem Kopf, in der einen Hand den Koffer, in der anderen den Sonnenschirm, ging es die Treppe hinab. Zwanzig Stufen abwärts, immer darauf achtend, das Licht hinter Ihnen auszuknipsen, vorbei am Fahrradraum und Heizungskeller bis an das Ende eines langen Ganges.

„Wir sind da", sagte Lotte und öffnete die Türe. „Ist es nicht schön, gleich am Ziel zu sein und sich von den Strapazen der Reise nicht erst erholen zu müssen? Kein Flug, keine Auto- oder Bahnfahrt, kein Stau, keine Zeitverschiebung, kein Klimawechsel, jedenfalls kein großer. Man kommt an, gewinnt Zeit, und die Erholung kann beginnen."

„Richtig, von den Kosten ganz zu schweigen", sagte Karl und atmete erst einmal tief durch. Die Liegestühle, blau-weiß-gestreift, beide vom letzten Sperrmüll, standen einladend bereit. Der Himmel, nein, die Decke des Tischtennisraums, azurblau gestrichen, leuchtete, als herrsche ein Dauerhoch über den Kanaren. In der Ecke prächtige Kunstpalmen, die man im Februar nach einem Faschingstreiben vor der Vernichtung gerettet hatte. Südseeatmosphäre pur. Für Wasser sorgte die Dusche, für Schwitzen die Sauna, und im Heizungsraum nebenan konnte bei Tischfußball das gewohnte abendliche Duell stattfinden. Ein Blick in den Kühlschrank, jawohl, gut gefüllt. Drei Kästen Bier in der Ecke und andere Stimmungsmacher. Alles in allem gute Aussichten, im Gegensatz zum Blick aus den Kellerfenstern, der nur mit viel Phantasie Traumstrand-Feeling vorgaukelte.

„Urlaub", sagte Karl, „ist nur am Anfang ein Problem. Die neue Umgebung, der Klimawechsel, die Enge des Hotelzimmers, man muss sich darauf einstellen, eine echte Herausforderung. Meinst du, wir schaffen es , Lotte?"

„Kommt ganz auf dich an. An mir soll es nicht liegen. Aber überleg' doch mal, wenn wir es nicht schaffen, wo wir doch nur zu zweit sind, wer soll es dann hinkriegen? Wir kennen einander, wissen, was uns erwartet. Denk' an die, die es nicht wissen."

Karl schien erleichtert. Erst mal das Gepäck verstauen und dann in die Horizontale. Oder eher umgekehrt? Am besten auf alle festen Regeln pfeifen und sich mal so richtig gehen lassen.

„Ab in den Liegestuhl!" rief Karl und warf seine üppigen Pfunde mit einem Jauchzer der Glückseligkeit in das klapprige Gestühl. „Nichts lieber als das!" jodelte es neben ihm, nachdem Radlerhose gegen Urlaubsshorts getauscht worden waren. „Jetzt lassen wir es uns mal so richtig gut gehen, Karl."

Während Karl genießerisch die Augen schloss, griff er zärtlich nach Lottes Hand. „Jetzt weiß ich, warum so viele Menschen nach dem Urlaub auseinandergehen, ganze Familien zerbrechen daran. Ist auch nicht leicht, es miteinander auszuhalten, zwei ganze Wochen lang, von morgens bis abends, auf allerengstem Raum. Wie eine Hühnerschar im Käfig. Man kann nicht so einfach zur Arbeit gehen und sich davonstehlen, wenn einem die anderen auf die Nerven gehen. Man muss es mit ihnen aushalten, auf Gedeih und Verderb. Da gibt es auch mal Zoff, im schlimmsten Fall Mord- und Totschlag."

„Jetzt mal' nicht den Teufel an die Wand!" sagte Lotte. „Weißt du was? Wir fangen am besten gleich damit an. Mit dem Kennenlernen. Denn je früher man damit beginnt, umso besser."

Die Sektkorken knallten, die Stimmung stieg, der Urlaub begann.

Zwei Wochen später, letzter Urlaubstag.

Schon seit dem frühen Morgen war Bewegung im Haus. Aufgeregtes Stimmengewirr, Tatortbesichtigung, Spurensicherung. Im Keller ein Ehepaar, an Palmen gefesselt, drei oder vier Tage, zum Glück unversehrt, jedoch unter Schock. In den oberen Räumen totales Chaos, eingeschlagene Fenster, demolierte Rollläden, ausgehebelte Schlösser, durchwühltes Mobiliar. Die Einbrecher hatten gute Arbeit geleistet.

„Urlaub", war Karls erstes Wort, nachdem ihm Stricke und Heftpflaster entfernt worden waren, „Urlaub ist enorm lebensgefährlich. Und die Heimat weit, weit weg."

„Für mich das erste und das letzte Mal", stieß Lotte erschöpft hervor.

Aufeinander gestützt, stiegen beide die Treppe empor.

ARKAN JUSSUF ARIMONDI

Weit hinten im Böhmerwald, wo die Leute Kudlacek, Wondracek, Popoucek – oder auch ganz anders hießen – lag die Ortschaft Troppotau.

Fünfhundert Seelen lebten dort, mehr alte als junge, Hunde und Katzen ausgenommen. Sie alle führten ein beschauliches Dasein. Tagsüber gingen sie ihrer Arbeit nach, und den Feierabend verbrachten sie im Kreise ihrer Lieben oder suchten Geselligkeit in den beiden Wirtshäusern des Ortes, wo sie keine aufregenden Gespräche führten. Das Leben verlief in geordneten Bahnen, ein Tag war wie der andere, und die Bürger hätten diesen Zustand gerne beibehalten, wenn nicht plötzlich, an einem Tag im Mai, etwas eingetreten wäre, was für Troppotau das Ende von Ruhe und Frieden bedeutete. Ja, es kam schließlich so weit, dass der Bürgermeister sich gezwungen sah, den Ausnahmezustand über dem Ort zu verhängen. Jeder Bürger erhielt das Recht auf Selbstverteidigung, um im Ernstfall auch davon Gebrauch zu machen.

Was war geschehen? Eine Horde schwarzer Banditen trieb seit Tagen ihr Unwesen und terrorisierte die Menschen auf schamloseste Art. Polizei und Feuerwehr waren machtlos, handelte es sich doch nicht um Verbrecher, die mit den üblichen bewährten Methoden hinter Schloss und Riegel zu bringen waren. Nein, es ging um eine Bedrohung, mit der man nicht die geringsten Erfahrungen hatte und ohnmächtig zuschauen musste, wie Panik unter den Einwohnern sich breit machte.

Eine Schar wilder Fledermäuse – fünfzig bis sechzig an der Zahl – hatte Troppotau in einen Belagerungszustand versetzt. Schauriges Getier, riesengroß, mit Flügeln, die eine Spannweite von mehr als eineinhalb Metern erreichten. Dass es sich nicht um die übliche Spezies handelte, war spätestens nachts zu erkennen, wenn die feurig roten Augen am Himmel gefährlich aufblitzten. Weit draußen vor den Toren Troppotaus hatten sich die Monsterwesen eingenistet. In einer verfallenen Burgruine, in der es bei Vollmond regelmäßig spukte. Pfadfinder waren dort auf sie gestoßen, wie sie fast leblos, den Kopf nach unten hängend, in den Winkeln ihrer steinernen Behausung einen ziemlich furchterregenden Anblick boten.

In Windeseile hatte sich die Schreckensmeldung im Dorf herumgesprochen, und besonders Abergläubische hielten den Einzug der Fledermäuse für ein böses Omen. Abgesandte des Todes sollten sie sein, ein Fingerzeig des Schicksals, dass dem Ort etwas Schreckliches bevorstand. Von Apokalypse war die Rede, vom Jüngsten Gericht und allerlei wahnwitzigen Prophezeihungen.

Weniger Furchtlose, die für Äußerungen dieser Art nur Hohn und Spott übrig hatten, sollten schon bald eines Besseren belehrt werden. Keine zwanzig Stunden vergingen, die Dämmerung warf erste Schatten auf den Ort, als die lichtscheuen Elemente den Standort wechselten. Zu einer dunklen Wolke formiert, scharten sie sich über den Dächern des Marktplatzes, um bei zunehmender Finsternis zum Erstschlag auszuholen. Schrille Pfiffe ausstoßend, zogen sie hoch oben ihre Kreise, breiteten ihre Flügel auf dreifache Körperlänge aus, flogen auseinander, sammelten sich wieder und landeten im Sturzflug auf den Dächern der Häuser, wo sie regungslos verharrten.

Alle, die bei diesem Schauspiel Augenzeuge gewesen waren, erfasste das nackte Grausen. Eilends verschwanden sie in ihren Häusern, verriegelten die Fensterläden und prüften, ob alles niet- und nagelfest war. In der Luft lag eine merkwürdige Stimmung, jeder spürte, ein Angriff stand unmittelbar bevor. Jetzt ging es um Kopf und Kragen, denn die Bestien – davon war jeder überzeugt – standen mit dem Teufel im Bunde. Schicksalsergeben bekreuzigte man sich und harrte der Dinge, die da kamen. Keine Familie in Troppotau, die nicht gerüstet war, Leib und Leben zu verteidigen. Wen der Schlaf übermannt hatte, konnte sich glücklich preisen. Die anderen durchwachten die Nacht, schickten Stoßgebete zum Himmel, wenn die Geräusche über ihren Köpfen kalte Gruselschauer über den Rücken jagten.

Erst als der Morgen graute, wagte man sich aus den Verstecken hervor. Was sich dem Auge bot, übertraf die schlimmsten Befürchtungen. Die Nachtschwärmer hatten gehaust wie die Vandalen, schlafende Bewohner zu Tode erschreckt und geplündert auf Teufel komm raus. Leere Speisekammern, zertrümmertes Porzellan, fliegende Bettfedern. Chaos, wohin das Auge sah. Kein Dachboden, der nicht einem Schlachtfeld glich. Kaum ein Bürger, der nicht Verluste zu beklagen hatte. Dem Pfarrer fehlten goldene Messbecher, dem Lehrer wertvolle antiquarische Bücher. Manschettenknöpfe, Hosenträger, Spazierstöcke, alles hatten die Räuber mitgehen lassen. Nicht einmal das Eigentum des Bürgermeisters war ihnen heilig gewesen. Sechs wertvolle Taschenuhren, sowie eine Schatulle mit Goldmünzen aus der Hinterlassenschaft seines Urgroßvaters musste er verschmerzen.

Noch am selben Tag wurden Vorkehrungen für die Nacht getroffen. Der nächste Angriff würde kommen, das war so sicher wie das Amen im Gebet. Beile und Messer, Äxte und Hacken, Schreckschusspistolen, Unkrautvernichtungsmittel, im Nu waren die Vorräte ausverkauft. Mausefallen gingen weg wie die warmen Semmeln. Wer auf Nummer sicher gehen wollte, legte Fuchsfallen und Fallstricke in seinen vier Wänden aus. Oder füllte riesige Wannen mit Wasser, in das man Holzleim, Salzsäure oder andere tödliche Substanzen gekippt hatte. Sämtliche Häuser wurden einer gründlichen Kontrolle unterzogen, um Durchschlupfmöglichkeiten auszuschließen. Fensterscheiben wurden vernagelt, Türen verbarrikadiert, Löcher mit Holzwolle oder Styropor gestopft. Nichts sollte dem Zufall überlassen bleiben.

Rufe nach energischem Durchgreifen von Polizei und Feuerwehr, wie auch nach Sprengung der Burgruine, verhallten ohne Echo. Die Ordnungshüter, alles Männer in den besten Jahren, lehnten das Ansinnen kategorisch ab. Einem Himmelfahrtskommando käme es gleich. Sollte seinen Kopf hinhalten, wer wollte, sie jedenfalls würden ihr Leben nicht aufs Spiel setzen. Selbst die verlockendste Prämie konnte sie nicht umstimmen. Somit blieb nur abwarten, beten und auf Gott vertrauen.

Doch die schützende Hand des Allmächtigen ließ die Menschen bitter im Stich. In der Nacht wiederholte sich der Vorgang des vorherigen Tages, um einiges heftiger und brutaler als zuvor. Eingeschlagene Windschutzscheiben, demolierte Fahrräder, verwüstete Gärten, abgedeckte Dächer, jede Menge entwendeter Habseligkeiten waren das Ergebnis dieses zweiten Beutezuges. Der schlaue Kopf der Bande hatte den Braten gerochen. Nicht durch Fenster, Türen und Luken, nein, durch den Schornstein waren sie gekommen, die Bestien, die pechrabenschwarzen.

Die Stimmung nahm an Nervosität zu. Wut, Angst, Verzweiflung führten zu kopflosen Handlungen. Sogar von der Waffe wurde Gebrauch gemacht, allerdings ohne Erfolg. Nicht einer einzigen Fledermaus konnte bisher ein Härchen gekrümmt werden. Das Recht des Stärkeren schien ganz auf ihrer Seite zu sein. Ein Sündenbock war schnell ausgemacht. Die Ordnungshüter, immer mehr wurden sie zur Zielscheibe des Spotts. Man verlangte, sie in den sofortigen Ruhestand zu versetzen und durch Personen auszutauschen, die der Sache gewachsen waren.

Die klügsten Köpfe des Ortes – oder die sich dafür hielten - schlugen vor, ein „Komitee zur Bekämpfung der Teufelsboten" zu gründen, in dem sie persönlich den Vorsitz zu übernehmen gedachten. An Zulauf bestand kein Mangel, keiner wollte sich nachsagen lassen, zur Gruppe der Feiglinge oder Drückeberger zu gehören. Allen voran der Bürgermeister, der Pfarrer, der Lehrer, der Apotheker, ein angehender Student der Rechtswissenschaften und – nicht zuletzt – sechs Kriegsveteranen, die weder Tod noch Teufel fürchteten.

Der Lehrer schlug vor, das Verhalten der Fledermäuse zu studieren, ihre Schwachpunkte herauszufinden und sie schließlich mit einem Überraschungsangriff außer Gefecht zu setzen. Auf welche Weise, das würde sich zu gegebener Zeit herausstellen. „Ein zu mildes Strafmaß", entgegnete der Student der Jurisprudenz. Er forderte energisch, mit den Bestien kurzen Prozess zu machen, sie abzuknallen – Scharfschützen des örtlichen Vereins gäbe es schließlich genug – und dem Krematorium zur endgültigen Vernichtung zu übergeben. Die Paragraphen des Strafgesetzbuches sähen die Hinrichtung als Akt der Notwehr vor. Und dieser sei durchaus gegeben, hatte der Ort doch bereits einen Toten zu beklagen. Die Leiterin des städtischen Frauengesangsvereins, eine Dame von 83 Jahren, war des Nachts, als sie zur Heimfahrt auf ihr Fahrrad steigen wollte, von zwei auf ihrem Gepäckträger sitzenden Monstern erschreckt worden, daraufhin in Ohnmacht gefallen und daraus nicht mehr erwacht.

Der Gewalttheorie des künftigen Rechtsgelehrten wurde vom Leiter des örtlichen Tierschutzvereins vehement widersprochen. Auch Hochwürden schloss sich dieser Meinung an. Mit Nachdruck machte er den Schäfchen seiner Gemeinde klar, nur inständiges Beten hülfe, da Gott in seiner unermesslichen Güte den Menschen selbst in größter Not nicht im Stich lassen würde.

Während hinter verschlossenen Türen die Sitzungsmitglieder tagten und sich die Köpfe heiß redeten, fuhr ein Zirkuswagen in die Stadt ein. Im Nu war er von Neugierigen umringt. Es gab etwas zu sehen, selten genug in Troppotau. Und als wenig später die Türe des Wagens sich öffnete und ein zwei Meter langer, zwei Zentner starker Mann mit großen schweren Stiefeln sowie einem Affen im Gefolge heraustrat, stand vielen der Mund offen. Freundliche, bewundernde, aber auch flehentliche Blicke hingen an diesem Mann, in dem so mancher eine Art Heilsbringer zu erkennen glaubte. Mit exotischem Aussehen, langen auf die Schultern fallenden Haaren sowie einem kunstvoll gedrehten Zwirbelbart entsprach er ganz dem Bild des Ritters aus fernem Land. So musste ein Mensch aussehen, der in göttlicher Mission geschickt worden war. Sein Name sei Arkan Jussuf Arimondi. Den Affen auf der Schulter, verbeugte sich der Fremde, dass die wallende Mähne den Erdboden berührte. Er beabsichtige, in Troppotau ein Gastspiel abzuhalten.

Das Vorhaben wurde prompt bewilligt, sahen die Stadtväter doch darin eine willkommene Gelegenheit, dem Seelenzustand ihrer Bürger eine Aufmunterung zuteil werden zu lassen. Umgehend wurde Herrn Arimondi gestattet, an allen Plätzen des Dorfes Plakate anzubringen, auf denen man das sensationelle Programm dieses Ein-Mann-Zirkusses studieren konnte:

FLOHAKROBATIK AUF DEM HOCHSEIL

MISS PIEPMAUS ALS SCHLANGENBESCHWÖRERIN

GLÜHWÜRMCHEN-FEUERZAUBER

(EINMALIG: FLEDERMAUSBALLETT)

HUNDE-UND AFFENORCHESTER

CLOWNERIEN AM LAUFENDEN BAND

EINTRITT NACH BESUCHERZAHL
KINDER ZAHLEN DIE HÄLFTE

Bei dem Reizwort „Fledermaus-Ballett" wurden die ersten kreidebleich und fassten sich erst wieder, als sie feststellten, dass diese Darbietung gestrichen war, also aus irgendeinem Grund nicht stattfinden konnte. Dieser hatte sich alsbald herumgesprochen. Die Fledermäuse, die Arimondi eigens für diese Nummer dressiert hatte, waren ihm vor kurzem bei einem Gastspiel in Polen abhanden gekommen. Er wisse nicht, wo sie sich derzeit aufhielten.

Auf Drängen interessierter Zuhörer begann Arimondi nun, das Einmalige und Sensationelle an diesem Dressurstück herauszustellen. „Wissen Sie", begann er mit vor Stolz geschwellter Brust. „Ich habe das Unmögliche möglich gemacht. In jahrelanger Kleinarbeit und mit unerschütterlicher Willenskraft ist es mir gelungen, diese primitiven, nur an Beute interessierten Wesen zu einem Höchstmaß an Musikalität zu erziehen. Wie? Sie glauben es nicht? Sie lachen darüber? Es ist die Wahrheit, die reine Wahrheit. Anfangs war es passive Berieselung mit leichter musikalischer Kost, Walzer, Operette, die leichte Muse ... Sie verstehen, was ich meine. Ein paar Takte, und die Kerle bewegten sich derart rhythmisch, als hätten sie Musik im Blut. Und denken Sie nur, meine Herrschaften, die Begeisterung nahm von Tag zu Tag zu. Nein, ich übertreibe nicht, wenn ich sage, es war wie ein Wunder. Menuett, Polka, Polonaise, alles kein Problem. Die gelehrigen Schüler folgten meinen Anweisungen mit Anmut und Grazie. Eines Tages war es mir vergönnt, mich an die Einstudierung eines Balletts heranzuwagen. Sie wissen, was das bedeutet. Gleichklang von Bewegung und Musik. Arimondi wiegte sich im Takt und dirigierte mit beiden Armen. „Eins, zwei, drei ... eins, zwei, drei ... linksherum, rechtsherum ... Es funktionierte ausgezeichnet. Vor allem zu den Klängen des Fledermauswalzers unseres hochverehrten und weltberühmten Komponisten Johann Strauss! Was sagen Sie dazu?"

„Schluss!" rief ein älterer Herr mit Nickelbrille. „Hören Sie auf! Mit dem Teufel macht man keine Scherze!"

„Keine Scherze! Um Himmelswillen! Versündigen Sie sich nicht!"

„Gelobt sei Jesus Christus!" murmelte es im Chor. Manche Leute bekreuzigten sich, andere redeten wild durcheinander, besonders Aufgebrachte gingen auf Arimondi los und hießen ihn einen Lügner und Betrüger. Im Nu war ein Tumult im Gange. Der Bürgermeister musste einschreiten und für Ruhe und Disziplin sorgen. „Mäßigung, meine

Herrschaften! Ich bitte Sie, so beruhigen Sie sich doch!"
Und zu Arimondi gewandt: „Entschuldigen Sie vielmals.
Aber die Nerven dieser Menschen liegen blank. Sie müssen
wissen, alles hat seinen Grund. Ich will es Ihnen erklären."
Und mit bewegter Stimme schilderte er die Ereignisse der
letzten Tage und wie die Fledermaus zu einem Symbol des
Unheils für das so friedliche Troppotau geworden war.

Arimondi hörte scheinbar gleichgültig zu. Doch wer ihn
beobachtete, konnte sehen, wie Wangen und Stirn sich
zunehmend röteten. Seine Augen begannen zu flackern,
glaubte er doch zu wissen, wovon die Rede war. Nur die
Menschen schienen ahnungslos, hatten keinen blassen
Schimmer. Ein Fingerzeig des Schicksals, aus dem sich
Kapital schlagen ließ, vielleicht ...

Zwei Jahre war es her, dass er die Fledermäuse – eine
Kreuzung exotischer Rassen – für ein paar Kopeken von
einem russischen Wanderzirkus übernommen hatte. In
Samarkand, wenn er sich recht erinnerte. Hochmusikalisch
sollten sie sein, zu Mundharmonika und Flötenspiel im
Rhythmus sich bewegen. Doch alles gelogen. Nur Unge-
horsam und Aggression hatten sie ihm entgegengebracht,
dazu geklaut wie die Raben. Immerhin – beim Spiel auf der
Balalaika waren sie einigermaßen zu bezähmen. Dreimal
waren sie ihm durchgebrannt. Und vermehrt hatten sie
sich, mehr als ihm lieb war. Vor sechs Wochen schließlich
war ihm der Geduldsfaden gerissen. Ausgesetzt hatte er
sie. In einer Höhle in den Bergen. Und drei Kreuze gemacht, dass er sie endlich los war.

„Soso", murmelte Arimondi und strich sich mehrmals
durch das lange Haar. „Fledermäuse haben Sie? Und so
aggressiv? Kaum zu glauben. Wo es doch ausgesprochen
liebe Tiere sind. Jedenfalls, was die meinen betraf. Ein
Musterbeispiel an Zahmheit, brav und folgsam, ihrem
Herrn treu ergeben. Tja, was kann man da nur tun?"

„Zaubern Sie sie weg!" rief ein Halbwüchsiger. „Machen Sie Ihnen Beine! Mit Musik! Walzer, Blues, Rock n'Roll, egal was. Zeigen Sie Ihre Kunst. Oder können Sie es etwa nicht?"

Der Vorschlag kam an. „Tun Sie es! Zeigen Sie Ihre Kunst!" riefen die Leute und umringten Arimondi. Eine ältere Frau setzte ihm den Krückstock wie eine Pistole auf die Brust: „Sonst lassen wir Sie nicht ziehen. Entweder-oder."

Der Zirkusdirektor setzte sich auf einen abgesägten Baumstamm und streichelte seinen Affen, lange und ausgiebig. Die braungebrannte Stirn legte sich immer mehr in Falten. „Nun ja, meine Herrschaften", begann er nach langer Bedenkminute. „Ich kann mir vorstellen, dass Sie in mich große Erwartungen setzen. Schließlich bin ich der einzige weit und breit, der mit Fledermäusen umgehen kann. Ich kenne alle Tricks, sie gefügig zu machen. Aber ich bezweifle, ob die euren mich als Herrn anerkennen würden. Es wären einige recht zeitraubende Vorüberlegungen nötig. Ganz abgesehen davon ... na ja, Sie wissen schon ... Wer fällt den Bestien schon gern zum Opfer? Und wenn sie des Teufels sind, wie ihr sagt? Die Gefahr für Leib und Leben ist groß. Und das Glück ist momentan nicht auf meiner Seite. Ich bin vom Pech verfolgt. Zwei Affen tot, zwölf Flöhe vom Blitz erschlagen, vier Hunde des Orchesters blind! Und die Klapperschlange, das verrückte Luder, hat die Supermaus aufgefressen. Ja, meine Herrschaften, ein Unglück kommt selten allein. Auch die Glühwürmchen sind hin. Stromausfall! Die ganze Show haben sie geschmissen. Eine Katastrophe, wer weiß, was noch kommen wird. Und schauen Sie her! Mein Affe Habukuk ist nicht mehr der Jüngste, frisst mich nur noch arm."

Arimondi stöhnte auf, dass es einen Stein hätte erweichen können. „Ein gefährlicher Beruf, mit großem Risiko, und wenn die Kasse nicht stimmt ...

Der Bürgermeister sah ein, dass hier nur mit großzügigen Gegenleistungen zu verhandeln war. „Wertester Herr Arimondi", begann er verheißungsvoll. „Ich könnte Ihnen einen Posten in unserem Städtchen Troppotau anbieten, bei festem Gehalt und Anspruch auf Altersversorgung. Sie müssen wissen, der Leiter unseres örtlichen Seniorenorchesters, ein gewisser Herr Pospischill, ist vor kurzem gestorben, und wir haben noch keinen Nachfolger für ihn gefunden. Nachdem Sie ein wahres Genie sind, das sogar mit Tieren musizieren kann, wird es für Sie ein Leichtes sein, unseren alten Herren im Stadtorchester etwas mehr Schwung beizubringen. Sollte Sie sich entschließen können, würden Sie unserem Ort einen unschätzbaren Dienst erweisen. Ich versichere Ihnen, dass an diese Aufgabe keine weiteren Bedingungen geknüpft sind, als uns noch heute von diesem Fledermauspack zu befreien."

Arkan Jussuf Arimondi drehte bedächtig an seinem Zwirbelbart. Aller Augen waren gespannt auf ihn gerichtet. Würde er die erlösenden Worte sprechen? Es sah nicht danach aus. Ein paarmal seufzte er vor sich hin, kratzte sich hinter dem Ohr, runzelte immer mehr die Stirn. Dann packte er seinen Affen und ging schnurstracks auf seinen Wohnwagen zu. Er müsse sich für einen Moment zurückziehen, die Sache in Ruhe überdenken.

Etwa eine halbe Stunde verging, bis sich die Türe geheimnisvoll öffnete. Der Zirkusdirektor trat vor die Menge und verkündete mit entschlossener Miene, dass er nach reiflicher Überlegung das Angebot anzunehmen gedenke.

Die Leute klatschten begeistert Beifall. Man konnte den Stein fallen hören, der jedem vom Herzen fiel. Allerdings, der Jubel erhielt einen Dämpfer, als Arimondi in einem Nachsatz die bescheidene Summe von 300 000 Kronen sich erbat. Er müsse auf dieser Entschädigung bestehen, da ihm begreiflicherweise Unkosten entstehen würden und er sich nur schweren Herzens von seinem Zirkusunternehmen trennen könne.

Der Bürgermeister blickte fragend in die Runde. Die Blicke signalisierten Zustimmung, wenn auch ein missmutiges Raunen durch die Menge ging. Doch so, wie die Dinge lagen, blieb keine andere Wahl. Besondere Umstände erforderten besondere Maßnahmen. Die gewünschte Summe wurde umgehend vom Stadtkämmerer herbeigeschafft und Arimondi übergeben. Die Formalitäten wurden mit einem Handschlag bekräftigt, der praktischen Umsetzung des Handels stand nichts mehr im Wege. Unverzüglich setzte sich der Zwei-Zentner-Mann hinter das Steuer seines Zirkuswagens und entfernte sich in Richtung Burgruine. Seinem Gesicht war eine tiefe Genugtuung abzulesen, aber auch in den Mienen der Bürger zeichneten sich Erleichterung und Zufriedenheit ab.

Als es dunkel wurde und die Stunde der Wahrheit anbrach, starrte ganz Troppotau erwartungsvoll zum Himmel. Alles blieb ruhig, nicht eine einzige Fledermaus war zu sehen. Auch in den nächsten Stunden änderte sich daran nichts. Als es schließlich vom Kirchturm zwölf Uhr schlug und die anfängliche Zuversicht zur Gewissheit wurde, brach im Ort großer Jubel aus. Alles schien gut, die Gefahr gebannt. Boten wurden zur Burgruine geschickt, um die letzten Zweifel zu beseitigen. Und tatsächlich! Arimondi hatte sein Wort gehalten, von den Ungeheuern keine Spur. Grund zum Feiern, der Albtraum war vorbei. Bis in die Morgenstunden wurde gelacht, getanzt und gesungen, und man konnte sagen, dass es für viele Bürger wohl der glücklichste Tag in ihrem Leben gewesen war.

Als der Morgen anbrach und man endlich zu Bett gehen wollte, verfinsterte sich urplötzlich der Himmel. Innerhalb weniger Minuten braute sich ein Unwetter zusammen, mit Blitz, Donner und Hagelschlag im Gefolge. Der Sturm fegte durch die engen Gassen des Ortes, riss alles mit, was sich ihm in den Weg stellte. In fünf Gehöfte schlug gleichzeitig der Blitz ein, zwei brannten bis auf die Grundfesten aus. Die Getreideernte war vernichtet, der Sachschaden überall groß. Schafe und Ziegen kamen im Feuer um, Pferde rissen sich los und sprangen auf und davon. Wassermassen unterspülten Häuser, brachten Menschen um Hab und Gut. Es war das schlimmste Unwetter seit über hundert Jahren. Und es hatte einen Namen. Arkan Jussuf Arimondi. Er war es, der die Fledermäuse verhext hatte. Nun waren sie in Gestalt von Wettergeistern zurückgekehrt. Sieben Wochen lang bescherten sie dem Ort Dauerregen, und als er vorbei war, war Troppotau ein Ort der Verwüstung.

Eine Woche später starb der Bürgermeister. Die Aufregung und Sorge für seine Gemeinde waren zu viel für ihn gewesen. Beim Rundgang durch den einst so idyllischen Ort war er zusammengebrochen und auf der Stelle tot gewesen.

Er hatte seinen Frieden gefunden. Und ein Geheimnis mit ins Grab genommen. Ein Geheimnis, das in einem Brief sich befand, der zwei Tage nach Arimondis Abreise auf seinem Schreibtisch gelegen hatte. Der Inhalt lautete wie folgt:

Hochverehrtes Stadtoberhaupt!

Habe alle Fledermäuse unter Kontrolle gebracht. Hatte leichtes Spiel mit ihnen, da es sich um die meinigen handelte. In ihrem heruntergekommenen Zustand waren sie durch meine gütigen Worte leicht zu besänftigen. Leider sehe ich mich außerstande, Ihr Angebot anzunehmen und in die Dienste Ihrer Stadt zu treten, da ich mit Leib und Seele Zirkusmensch bin und nur hier mein Glück finden kann. Ich bin froh, meine Lieben wiederzuhaben, denn heute sind mir von einem Zirkuskollegen 200 000 Kronen für Ihren Verkauf geboten worden. Allerdings habe ich nur die Absicht, mich von der Hälfte zu trennen, da ich mit Hilfe Ihrer großzügigen Spende sowie der zahlreichen erbeuteten

Wertsachen meiner gelehrigen Schüler einige Zeit werde sorglos leben können. Ich versichere Ihnen, Ihre Stadt stets in guter Erinnerung zu behalten und verbleibe in Dankbarkeit und untertänigster Wertschätzung.

Ihr sehr ergebener

Arkan Jussuf Arimondi

INHALT

Zeitfracht Medien GmbH
Ferdinand-Jühlke-Straße 7
99095 Erfurt, Deutschland
produktsicherheit@kolibri360.de